寻找舟的孩子

刘七平 著

与文学名家对话 主编 高长梅 王培静 ● 中国当代获奖作家作品联展

花山文艺出版社

图书在版编目(CIP)数据

寻找舟的孩子 / 刘七平著. —石家庄: 花山文艺出版社, 2013.7(2021.6 重印)

(与文学名家对话:中国当代获奖作家作品联展 / 高长梅, 王培静主编)

ISBN 978-7-5511-1697-8

Ⅰ.①寻… Ⅱ.①刘… Ⅲ.①小小说 – 小说集 – 中国 – 当代　Ⅳ.①I247.8

中国版本图书馆 CIP 数据核字(2013)第 292216 号

丛 书 名：与文学名家对话：中国当代获奖作家作品联展
主　　编：高长梅　王培静
书　　名：寻找舟的孩子
作　　者：刘七平

策　　划：张采鑫
责任编辑：卢水淹
责任校对：齐　欣
特约编辑：李文生
全案设计：北京九洲鼎图书有限公司
出版发行：花山文艺出版社(邮政编码:050061)
　　　　　(河北省石家庄市友谊北大街 330 号)
销售热线：0311-88643221
传　　真：0311-88643234
印　　刷：永清县晔盛亚胶印有限公司
经　　销：新华书店
开　　本：710×1000　1/16
字　　数：100 千字
印　　张：8
版　　次：2013 年 7 月第 1 版
　　　　　2021 年 6 月第 2 次印刷
书　　号：ISBN 978-7-5511-1697-8
定　　价：32.00 元

(版权所有　翻印必究·印装有误　负责调换)

目录

第一辑　爱的宇宙

因 …………………………………………………… 002

凫的守望 ………………………………………… 004

谎花 ……………………………………………… 007

天使也一样 ……………………………………… 010

爱的宇宙 ………………………………………… 012

老人和牛 ………………………………………… 015

舍马保车 ………………………………………… 017

寻找舟的孩子 …………………………………… 020

泥人 ……………………………………………… 023

握着她的左手入睡 ……………………………… 025

CONTENTS

第二辑　　像海豚一样美

毛狗幸福记	028
农村包围城市	030
真假约会	032
走，今天陪你去遛街	034
特别的兵	037
酒中情	040
与"打"有关	043
手机，手机	046
送花使者	048
像海豚一样美	050
"竹客"罗师傅	052
流行疾病	055
哦，三秀	058

CONTENTS

第三辑　梦想的距离

城里的鱼 ———————————— 070

梦想的距离 ———————————— 073

梦境一种 ———————————— 075

我的鱼儿去哪儿了 ———————————— 077

围墙 ———————————— 079

暖房 ———————————— 081

贼 ———————————— 085

异乡人 ———————————— 087

小小人 ———————————— 089

小小人后传 ———————————— 091

CONTENTS

第四辑　　稻草人

饱满的落花生	096
院子里的井	098
曾老师	100
大山里的歌声	104
最魔术	106
给你一台复印机	109
霍元甲	111
儿子给我上了一堂课	113
我不是宝玉	116
稻草人	118

第 一 辑　**爱的宇宙**

寻找舟的孩子

囡囡一个人安静地坐在田埂上,晃着小脚丫。晃着晃着,她就想起了小学一年级的那节语文课。

那是期末考试前的最后一节语文课。语文老师在黑板上写了几道复习题,其中一道题是根据部首造3个字,例字是一个"团"字。囡囡第一个举手,举得高高的,像一根芦苇。囡囡被老师点名叫上讲台,然后利索地写下了3个字:囡,困,囚。当时,囡囡是微笑着写下这3个字的,当即得到了老师的表扬,心里美滋滋的。

现在,囡囡想到这3个字,却一点儿也高兴不起来。

就在昨天,爸爸牵着囡囡的小手,向爷爷奶奶解释道,囡囡不能再困在这山里了,得去城里念书,城里的条件比农村好,所以我们想把囡囡接到城里。囡囡妈也说了,囡囡现在这个年龄是学习知识的关键时期,不能囚禁在这山沟里,要不然长大了没前途。

爷爷没有点头,也没有辩驳。奶奶一听这话就受不了,一把拉过囡囡,然后紧紧地搂在怀里。

要知道,囡囡从3岁起就跟爷爷奶奶一起过。囡囡的爸妈这几年一直在外面打工,只在每年过年时回来一趟。爷爷奶奶对囡囡非常疼爱,家里只有这么一个小孩,像宝贝一样呵护着。

此刻,囡囡坐在田埂上,静静地望着远山。爷爷在梯田里犁田,不时冲老黄牛吆喝几声。一想到要去城里,要离开爷爷奶奶,囡囡的心里既兴奋又难受。

"爷爷,歇一会儿吧。"囡囡冲爷爷喊了一句。

爷爷停下手中的活儿,径自走到囡囡旁边,在田埂上坐了下来。爷爷拍了拍囡囡肩上的泥土，笑着问："囡囡头上的野花真好看，在哪儿摘的？"

"在河边，就在那儿。"囡囡用手指了指不远处的一条小河，然后扭头问道，"爷爷，城里也有这么清澈的小河吗？也可以在河里捉虾吗？"

爷爷抚摸着囡囡的头，叹了口气："爷爷也不知道，爷爷没去过城里。"

"去年爸爸叫你去城里住一阵子，你为什么不去呀？"

"爷爷怕在城里住不习惯，也不想跑那么远，爷爷老了。"爷爷将视线转移到远处的一座座大山。

爷爷是位民办退休教师，经常坐在山脚下给囡囡讲山外的故事，囡囡每次都会追问很多问题。可是今天，囡囡只是趴在爷爷的腿上，呆呆地望着那些大山，提不起一点儿兴趣。

爷爷抚摸着囡囡的羊角辫，抚摸了好久。爷爷突然问道："囡囡，你自己想去城里吗？"

囡囡坐直了身子，仰着头，轻声说道："我也不知道。"

"吃饭啰！吃饭啰！"奶奶的呼唤声从村口传来。爷爷给老黄牛卸了犁，牵着囡囡的手，赶着老黄牛朝村口走去……

囡囡终究还是跟着爸爸去了城里，然后如愿以偿地考上了大学。大学毕业那年夏天，囡囡回了一趟老家，进村口的时候，爷爷正坐在门口抽着旱烟，怔怔地望着村口的那座大山，眼神如秋水一般。那年春天，囡囡的奶奶去世了，被安葬在村口的那座大山脚下。

囡囡再次回老家的时候，她的女儿嘉瑜刚满 8 岁。囡囡望着躺在床上的骨瘦如柴的爷爷，眼泪当即流了下来。

"爷爷，你为什么总是不肯搬到城里和我们一起住？"

爷爷费力地抬起右手，指了指窗外的大山，有气无力地说了一句："你奶奶在这里陪着我，我也要陪着……"话没说完，

第一辑　爱的宇宙

寻找舟的孩子

就是一阵咳嗽。

囡囡扶起爷爷,喝了几口白开水。爷爷从枕头下抽出了一张泛黄的相片,那是囡囡被接到城里上学那年照的合影:囡囡坐在奶奶的腿上,爷爷和爸爸站在后排,背景是村口那座青翠的大山。

囡囡把照片接了过来,翻到背面,一行刚劲有力的钢笔字赫然在目:囡,困在山里的孙女,那天走出了这座山!

囡囡捂着嘴,忍不住失声痛哭。

囡囡服侍着爷爷躺下,等爷爷睡了之后才走到门外。嘉瑜正和邻居家的女孩围在一起看书。女孩问道:"嘉瑜,这道题我做不出来,能帮我吗?"

嘉瑜接过本子,面带自信的笑,利索地写下了3个字。

囡囡凑过去一看,只见方格里写着四个歪歪扭扭的汉字:口,囚,困,囡。

的守望

"晨起动征铎,客行悲故乡。鸡声茅店月,人迹板桥霜。槲叶落山路,枳花明驿墙。因思杜陵梦,凫雁满回塘。"辰辰站在山顶上大声背诵这首诗的时候,已经是腊月二十二了。

辰辰今年上初一,不爱说话,但很爱看书,尤其喜欢古诗。辰辰睡觉前经常嚷着叫爷爷给她念上几句古诗,听了念诗,才肯钻进被窝。温庭筠的这首《商山早行》就是爷爷昨晚教的,念了几遍,辰辰就背下来了。

辰辰是站在家门口对面的大山上背诵这首诗的。辰辰的家

就在村口，村口有一个水库，水库里常年有人放养鸭鹅。辰辰放学不走大路，也不跟伙伴结伴而行，而是一个人沿着水库边的小路蹦蹦跳跳，或者安静地蹲在水库边，用石块打水漂。

太阳就要下山了，山顶的风凉飕飕的。辰辰叹了口气，在枯黄的草丛边蹲缩着。村里外出打工的人差不多都回来了，辰辰的爸妈却在电话中说回家的车票还没着落。

"辰辰，吃饭啰！吃饭啰……"爷爷浑厚的嗓音从山脚下传来。接着是几声山的回音。

辰辰走下山的时候，回头又往村口的山路深情地看了一眼。

后天就是小年了，爷爷奶奶正在打扫厨房。爷爷说这是图个吉利，辞旧迎新。辰辰躲在爷爷屋里，又捧起了昨晚读的那本唐诗集。

爷爷刚走进屋里，辰辰就问："爷爷，昨晚你教我的那首《商山早行》，我已经会背了，刚才放牛回来的时候，还在山顶背了一遍呢。爷爷，最后一句中的'凫'字是什么意思啊？"

爷爷在床边坐了下来，笑着说："就是'野鸭'的意思。夏天的时候，咱们村口水库里就有好多'凫'。"

爷爷又问："这首诗，辰辰最喜欢哪句呢？"

辰辰望了一眼窗外，小声地说："晨起动征铎，客行悲故乡。"

爷爷脸上的笑容瞬间不见了。爷爷知道，辰辰又想爸妈了。也难怪，爸妈已经两年没回家了。

爷爷心疼地捋了捋辰辰的那对羊角辫，慈爱地说："别看了，去玩会儿。听天气预报说，明天就会下雪，到时候就可以玩雪了，爷爷和辰辰一起堆雪人，好不好？"

"好！"辰辰紧紧地搂着爷爷的腰。

第二天，天刚蒙蒙亮，辰辰就爬了起来，推开窗户一看，地上并没有雪。

到了第三天，辰辰起迟了，是被爷爷推醒的。辰辰刚做了

寻找舟的孩子

一个梦,梦见爸妈在村口的水库边放鸭子,辰辰就在水库边赶着鸭子下水,笑个不停。

辰辰从床上爬了起来,窗外已经是白茫茫一片。辰辰戴上了一条粉红的围巾,和爷爷在门口堆了一个大大的雪人。雪人堆好以后,辰辰把围巾系在了雪人的脖子上,才极不情愿地和爷爷回屋去吃饭。

等辰辰吃完饭出来的时候,雪人已经被人砸坏了,围巾也不见了踪影。辰辰急得直想哭,一扭头,发现邻居宝生和几个小孩正在不远处挥舞着那条围巾,粉红的围巾在雪花中飘来飘去,晃得辰辰眼睛发红。

辰辰跑过去抢宝生手里的围巾,可是她个头低,怎么蹦也够不着。辰辰涨红着脸,边蹦边哭个不停。爷爷循声走到门口,宝生才吓得把围巾扔在地上,还扔下一句:"给你!没人要的围巾,没人要的孩子!"然后一溜烟跑进了巷子里。

辰辰捡起雪地上的围巾,抽泣着蹲在地上,愣愣地望着村口那条铺满雪花的路。

那条围巾,是辰辰10岁生日时妈妈从集市上买回来送给她的礼物。

爷爷偷偷地摸了一把泪,走到辰辰跟前,说:"辰辰,咱们不理他们,咱们再堆个雪人,堆个更大的,好不好?"

辰辰没有答应,含着泪把围巾围在自己的脖子上,然后径自走到墙角,拿起一把小铁锹,开始修补那个笑吟吟的雪人。

雪人堆好之后,爷爷进屋拿了一根胡萝卜,准备当作雪人的鼻子。爷爷正要把鼻子安上去的时候,只见辰辰堆在雪人旁边,地上有一行歪歪扭扭的字迹:

爸妈是客,辰辰是鸟。

谎 花

菊子独自走出学校门口的时候,迎面大步走来一位中年男子。

"菊子!是我啊,不认识我了?"中年男子激动地喊道。

菊子一眼就看见了他额头上的那块伤疤。菊子愣了几秒钟,随即挣脱他张开的怀抱,扭头朝家里跑去。

中年男子已是泪眼模糊,菊子跳动的身影像一只受惊的梅花鹿。

菊子一口气跑回了家,一路上跌跌撞撞。

"我看见我爸了。他没死……"菊子鼓足勇气说这句话的时候,妈妈正和一个男人在屋檐下劈柴。

妈妈手中的斧头掉在了地上,"当"的一声,砸得石头直迸火花。

男人正弯腰劈柴,抡起的斧头停滞在空中。

男人是菊子的后爸,是个从外地流浪到村里的单身汉,到处给人家做短工。村里人都叫他"狗生"。这几年,狗生经常帮菊子家干活,忙前忙后。时间久了,他和菊子的妈妈就产生了感情。今年除夕之夜,妈妈问菊子想不想有个后爸。菊子拿着狗生给的压岁钱,没吭声,于是3个人就住了同一个屋檐下。狗生对菊子还不错,坚持送菊子去念书。

当晚,妈妈屋里的灯一直亮着。

第二天一大早,菊子的爸爸和老村长敲开了菊子家的木门。菊子趴在屋里的窗台上,窗户没开,菊子听不清他们在院子里说什么。菊子不想听,也不想出去探个究竟。

菊子对爸爸有些怀恨在心。菊子一想到伙伴们笑话她是没爹的孩子,心里就怨恨爸爸。那年秋天,菊花开得正艳,爸爸

寻找舟的孩子

和村里几个年轻人去城里打工,这一走,就再也没回来。好几年过去了,他还是音讯全无。于是菊子的妈妈向当地人民法院递交了宣告他死亡的申请。前不久,法院的死亡宣告书刚下来。现在,他却回来了。

这天晚上,妈妈把菊子叫到了跟前。狗生坐在床上抽着旱烟。

"菊子,你爸想把你领回去,和他一起过。"妈妈用衣袖擦拭着眼角,顿了顿,问道,"你愿意吗?"

"那你呢?"菊子抬起头,一脸期待。

"我有了自己的新家……"菊子的妈妈转过身去,开始抽泣起来。

经过调解,菊子跟爸爸生活在一起,住在老村长家的隔壁。爸爸分得了应有的一笔财产,供菊子继续念书。

菊子每天一大早就去上学,放学回家就路过妈妈的新家,挑几担水,然后逗留上一会儿。菊子每天帮家里干不少家务活,心里乐呵呵的。

这天,菊子听见几个女人在河边议论自己的妈妈,说妈妈是"谎花",还伴着几声嘲笑。笑声沿着村口那条潺潺小溪,流进了菊子的心里,涩涩的。

菊子跑回家,追问"谎花"是什么意思。爸爸说:"谎花就是只会开花不会结果的花,她们是在笑话你妈,说你妈和狗生生不了孩子。"菊子嚷道:"胡说!她们在说谎话,她们才是谎花!"

第二天傍晚,菊子听到一个更刺耳的流言。一个霸道的小男孩当着伙伴们的面,说菊子是捡来的孩子,还说菊子的妈妈从来没生过孩子。从来不打架的菊子,和小男孩扭打在一起,被打得鼻青脸肿。

菊子嚷着向爸爸讨个说法,爸爸沉默不语,只是安静地搂着菊子。

一连几天，菊子都闷闷不乐的。每天放学，村里的孩子都早早回家了，菊子却一个人坐在村口的槐树下。村里越来越多的人在议论，说菊子当年就是被亲生父母扔在村口这棵槐树底下。

这天下午，菊子放学后又去找妈妈。大门虚掩着，里面传来狗生的声音。

"这些年，你在外面做什么？这么久也不回家看看，我们都以为你死了。"

"唉……"菊子的爸爸长叹了一声，"这几年在外面，混得憋屈啊。我出去时向菊子她妈发过誓，混不好，我就不回来。可是，一开始在工地上辛苦了一年多，那该死的老板却跑了。当时我口袋里只有200多块钱，四处找活干，后来好不容易到一家公司做保安，那家公司的老板人还行，给我包吃住。不料老板娘得胃癌死了，老板的公司也就倒闭了。我又四处飘来飘去，哎，现在没文化，工作不好找啊。想不到我干了这么多年，也没攒到几个钱，我是真没脸回家啊！有时我也挺想家，可是村里没有电话，我又不会写信……"

"在外混，是很不容易。就像我，流浪来流浪去，终归还是个流浪汉。还是有个家好……"狗生顿了顿，继续说道，"你应该早点儿回来，菊子和菊子她妈就能少受点儿苦。钱不钱的，是其次。"

"是啊。菊子这孩子懂事，招人疼，成绩更是不赖。菊子她妈领养菊子的第二年就怀孕了，最后孩子还是没保住，菊子她妈因为流产伤了身子，休息了好一阵子。后来我们就合计，干脆不要孩子了，好好把菊子拉扯大。"

"冲这一点，我敬你！"

"你不也一样吗，你们这几年不也是没要孩子，不也是把菊子当亲生骨肉对待？"

"菊子这么好的孩子，理应有个美满的家。不说了，来，喝酒！"

寻找舟的孩子

两个酒碗碰在了一起,声音很脆。

菊子没有进屋,而是转身走到门前的田埂上,望着夕阳中的缕缕炊烟,一个人发愣。

第二天一大早,菊子蹦跳着来到妈妈家,手里拿着一束野花。那是菊子清晨从村口那棵槐树下采的,红白相间,格外鲜艳。

令菊子意外的是,爸爸妈妈正并肩站在门前的空地上。妈妈面朝村口的那座大山告诉菊子,狗生天一亮就离开了这个家,走得悄无声息。

 天使也一样

侄女最近变了。自从爸妈出去打工后,年仅12岁的她就俨然成了一个大人。白天,她和弟弟一起上学、放学;晚上,她监督弟弟做作业,伺候他洗漱、睡觉。闲下来时,她还帮爷爷奶奶做些家务,比以前勤快多了。

侄女的最大变化,是不爱唱歌了。以前她是公认的"麦霸",经常跑到我的房间里,拿着麦克风对着DVD高歌,一曲方罢一曲又起。她嗓音不错,曲风多样,新老歌曲都不在话下。可是,她最近都没有碰麦克风了,尽管她偶尔还会来我的房间里听歌。

一天晌午,我把她叫到跟前,柔声问道:"你最近怎么不唱歌了?"

"不想唱。"她简洁地回复了一句。

"为什么呢?"我刚追问完就后悔了,因为她好久没有开心地笑过,心里肯定很想念自己的爸妈。

"不为什么。"她侧过身,安静地听歌。

此刻播放的歌曲是任贤齐的《天使也一样》:"你看外面的太阳／温暖而明亮／你可以飞翔飞到我的天堂／天使和你一样／也一样会受伤／看着你的泪光／痛在我胸膛／不管风雨多狂／我是你温柔的避风港……"

歌曲没唱完,侄女就转身离开了。望着她瘦小的背影,我不禁鼻子一酸。虽然她不再歌唱,其实她心里一直在吟唱一首歌。

我决定引导她把心中的歌唱出来。

过几天就是侄女的生日,我和家人合计了半天,准备举行一个小型晚会,每个人都要唱一首歌。生日那天晚上,一家人围聚在我房间,摆好了许多瓜果点心。侄女刚接完妈妈打回来的生日祝福电话,最后一个蹦跳着跑进来,坐在了紧挨着奶奶的弟弟旁边。

身为主持人的我站了起来,首先说道:"今天是小燕的生日,我们全家人为她唱一首生日歌吧!"

我播放了生日歌的伴奏,然后领头唱了起来。一曲唱罢,侄女的脸蛋红扑扑的,眼眶也红了。

"下面我们每人唱一首歌,先从我们的小寿星小燕开始。"说完,我把麦克风递了过去。

侄女没接麦克风,望着我说:"我不知道今天人人都要唱歌,我还没想好唱什么。"

"唱吧,唱吧,随便唱什么都行。"一旁的爷爷奶奶劝道。

"我真没想好……"她扭头对爷爷说,"爷爷,您先唱吧,我第二个唱。"

"好。我先唱一首《小白杨》。"爷爷爽快地答应了。

爷爷的歌声赢得一片掌声。轮到侄女登场了,只见她握着麦克风,平静地说:"我唱阿牛的《浪花一朵朵》吧。"

大家报之以热烈的掌声。轻快的音乐响起,侄女起初有些拘谨。小侄子凑了过去,不成调地哼唱着,惹得侄女哭笑不得。

唱到高潮部分后，她放开了嗓音，还配上手势动作，一会儿扮浪花，一会儿扮海龟。唱着唱着，她的脸上露出了久违的笑容。我和她的爷爷也相视一笑。

侄女成了这个小型晚会的主角，在我们的劝说下，她唱了十多首歌。

第二天清早，小侄子拿着一张油笔画跑到我跟前，兴奋地说："叔叔、叔叔，这是我姐昨天晚上画的，你快看看，好看不？"

我接过那张画，只见上面画了一片海，浪花朵朵，一只海龟在海边爬行，近处的男孩、女孩蹲在沙滩上垒小房子，房子上面飞着一个带翅膀的天使，旁边还有一行字：天使也一样，一样会哭会笑。从明天开始，做快乐的天使。

之后几天，在我的建议下，侄女陆续来我房间唱过几次歌。我故意给她点播了一些欢快的歌曲，稍显忧伤的情歌一律避开——这是我计划中的一部分。

一个周六的上午，侄女接连唱了两首快歌，然后主动对我说："叔叔，我想唱《天使也一样》。"

《天使也一样》是侄女的爸爸妈妈最爱合唱的一首歌，离家的前一晚他们还合唱过。

"好，我早就想听你唱这首歌了。"我摸了摸她的马尾辫，由衷地笑了。

爱的宇宙

人活在城里，像一头牛。同事小王的这句酒后之语，像影子一样，在他的脑海中时隐时现。

他躺在T167的卧铺上,又想起了这句话。看着窗外飘逝的黄昏,他想起老家的那头水牛。小时候的无数个黄昏,他和伙伴们在田间嬉闹,赶着一群肚子鼓鼓的懒散的牛,笑声、哞声交集在一起……

天色暗了下来,其他乘客在楼道里闲聊,或者读报看书。他没有这种心境。前几天老家的大哥打来电话,说母亲心脏病犯了,他便急匆匆地踏上了南下的火车。

看到躺在床上输液的母亲时,他鼻子一酸,转头对大哥说:"明天把咱妈送市医院去,钱由我来出。"

"这不是钱的问题,人心比钱重要!"嫂子的话语中满是火药味。

他在母亲身边守了一个通宵,母亲终于醒了过来。两鬓斑白的母亲抚摸着两年没见的老二,老泪纵横。

这几天,城里的妻子和老板三天两头打来电话催他回去,无意间被母亲听到了。"老二啊,你还是早点儿回吧。你有自己的家,有自己的事业,他们需要你。我这身子好多了,不碍事,有你大哥大嫂照顾哪。"母亲坐在床头,慈祥地摩挲着他白嫩的手。

他不舍地回到了城里。

自从回来后,他就睡不踏实,经常做梦。他飘浮在浩渺的宇宙中,脚下轻飘飘的,心中发慌。一个红色星球忽远忽近,他拼命朝它移动,却始终接近不了,犹如溺水的孩子,抓不到眼前的救命稻草。从梦中醒来后,他望着天花板发呆,额头满是汗。他租的房子在顶层,隐约能看到天上的星星,一闪一闪的。

渐渐地,他发现自己患了幻想症。一坐下来,他就幻想自己飘在空中,身边是若即若离的红色星球。他没有将这些告诉每天工作8小时的妻子,独自承受着这份折磨。

这天,他在上班时间打盹,被老板发现了。老板把他叫进

寻找舟的孩子

办公室，训斥了一番，并警告他下不为例，否则小心手中的饭碗。他深知自己需要这个饭碗，必须卖命工作，才能让家人在地球上好好活着。

走出办公室时，他感觉窗外又浮现出梦中的那个红色星球。

不幸的是，昨天母亲突发心脏病，抢救无果。接到大哥的电话后，他和妻子乘坐飞机赶回了老家。

他久久地跪在母亲的遗体前，把手放在母亲的胸口，这才终于相信，母亲的心脏真的停止了跳动。

窗外，村里的孩子们在追逐一个脱手的红气球。红气球越飘越高，越飘越远，最终在蓝天下爆裂。他忽然觉得，母亲的心脏就是梦中的那个红色星球……

葬礼上，他哭得像个泪人。

办完丧礼的第二天傍晚，侄女坐在他身边，扭头说道："二叔，奶奶走的前一天晚上，还跟我提起你，她说你在城里过得不容易，希望你们早点儿买上房。奶奶还说，等你们过上了好日子，她还想去城里见见世面……"

他扭头擦了一把泪，遥望着母亲的坟。母亲的坟就在家门口对面的山脚下，他每天清早打开大门，就能看见母亲。

这时，侄子赶着一头老黄牛从门前经过。老黄牛已是九代之母，在村里德高望重。他上次回来的时候，老黄牛身边还跟着一头棕黄色的小牛。

"那头小黄牛呢？"他低头问侄女。

"小黄牛长大了，上个月卖到外地去了……"

老人和牛

老人蹲坐在田埂上，一边吧嗒吧嗒地抽着烟，一边注视着不远处的一头老黄牛。

老黄牛埋头吃着草，不时抬头望一望身旁的小黄牛。

小黄牛不满半岁，三心二意地吃着草，这儿嗅嗅，那儿闻闻。这时，一头和它差不多大的小黑牛朝它走来，身后跟着一头黑母牛。小黄牛来到小黑牛跟前，亲昵地嗅着小黑牛的身体，像兄弟一般亲昵。黑母牛忽然用牛角顶小黄牛，吓得它赶紧往老黄牛身边跑。老黄牛冲过去，和黑母牛角斗起来。

"去！老东西！"老人大喝一声，连忙跑过去，用鞭子把黑母牛赶走。

黑母牛打不过老黄牛，识趣地带着牛崽，朝山脚下的溪边跑去。

第二天清早，老人也趟过了这条小溪。他沿着一条山间小路，把老黄牛赶到了山的那一边。山的那一边还是山，山谷是一块块荒地，没种庄稼。人们把牛赶到山口后就把牛绳解开，让牛自由吃草，然后当日天黑前来这里寻牛。有些牛吃饱后会自己走到山口，等候主人的到来；还有些牛却流连其间，往山谷深处进发，需要主人进山寻找。老人的老黄牛一向老实，属于前者。可今天是个例外，直到夕阳下山了，老人在山口也没看见老黄牛的影子。

"一定是小黄牛捣乱，不肯回家。"老人一边往山里走，一边嘀咕道。

走了很远的山路，老人还是没找到老黄牛。天已经黑了，老人还不甘心回家，直到儿子拿着手电筒来迎接，他才不情愿地往回走。

寻找舟的孩子

第二天上午,老人又独自进山寻牛。烈日当空,老人已是满头大汗,却还没看到牛的影子。老汉沿着牛的脚印往前找,终于在一个不高的山涧找到了老黄牛。它正卧躺在小黄牛身边,舔舐着它的额头。

"小家伙,谁叫你乱跑,一定是跌下去后爬不上来了吧。"说着,老人把小黄牛抱了上去。老黄牛纵身一跃,也跳到了路边。

老人在后面赶着牛往回走,脚步像路边的山泉一样轻快。走累了,老人把老黄牛系在一棵大树下,吧嗒吧嗒地抽着烟。凉风拂过,老人身子一激灵,惬意极了。

老人瞅了一眼天边的云层,把烟头扔在一边,急忙起身往回走,边走边嘀咕:"这天气,说变就变,要下雨了。"

果然风云突变,电闪雷鸣。老人赶在下雨前回到家,把牛赶进了牛棚。这时,几个小伙子往山里跑,一边跑一边喊:"山里着火了,快救火……"

事后老人才知道,自己刚才歇息的那棵大树附近着了火。林业局派人到现场调查,发现了一个没抽完的烟头。

因为有目击证人,老人一时成了纵火嫌疑犯。儿子生气地说:"早就让你别养牛了,现在都是机械化操作,还有几户人家用牛耕田啊……现在倒好,你成嫌疑犯了,都是养牛给害的!"

"不是牛的错!我也没放火!"老人的火气也上来了,大声说道,"不是说可能是雷电引起的火灾吗?"

"现在谁说得清啊!反正以后你别养牛了,回头我就把牛卖了。"儿子摔门而出,扔下一句话,"老顽固!"

"你敢!"老人愣在原地,气得身子直发抖。

事后证明,老人是清白的。老人却高兴不起来,因为儿子趁他不在家,悄悄把老黄牛和小黄牛卖给了镇上的牛贩子。当晚,老人痛骂了儿子一顿,不吃不喝,一夜没睡。

第二天清早,老黄牛拖着一段扯断的牛绳,自己找回来了,身旁跟着疲惫的小黄牛。

老人搂着老黄牛哭了半天，然后给它准备了一顿丰盛的大餐。

儿子见状，坚持要把牛送回去。老人举起手中的牛鞭，大喊道："你试试！把钱给人家送回去，道个歉，现在就去！"

儿子站着不动。老人的嗓门更大了："快去啊。你再敢把牛卖了，干脆把我也卖啰！再不行，咱就分开过日子，井水不犯河水……"

儿子不忍心听下去。其实儿子也知道，自从母亲去世以后，父亲就把牛当成了亲人，当成了命根子。

儿子进屋推出一辆蓝色摩托车，朝镇上急速驶去。

舍马保车

这天清早，我在刚搬来的小区里转悠，熟悉一下周边的环境。

和其他很多小区一样，这里的健身场所旁边也围着一群棋友。象棋是这个城市的大众娱乐，不分老少，棋局随处可见。我平时偶尔下下棋，于是凑了过去。

对弈者是一老一少，一个十三四岁的男孩正托腮沉思。我仔细看了一下棋局，男孩的局势还是稍占优势的，一车一炮占据着棋盘中线，两只马分列九宫两侧，直逼对方老巢。另一边，白发老头的军队也是兵临城下。

周围的人指手画脚，各抒己见，都在给男孩出招。男孩却不慌不乱，有着这个年龄少有的稳重。

"和对方换车，然后双马齐下！"一位老爷爷提议道。

这不失为取胜高招！男孩把车握在手里，随即又放回到了

寻找舟的孩子

原位。男孩没有走这步好棋,结果没出几招,车没保住,反而败下阵来。男孩一手摸着脑袋,一手里攥着刚才那只一时大意被吞吃的车。

这时,男孩的爸爸走了过来,叫他回去吃早饭。男孩意犹未尽地站起身,临走时差点忘了把手中的车留下来。

"这孩子,不听老人言。"

人群散去。我跟在男孩身后,朝家里走去。男孩一直低着头,爸爸不时抚摸着男孩的小平头。

没想到,男孩一家竟然和我同住一栋楼。我们一起走进了电梯。

"这孩子棋艺不错,小小年纪就有这水平。"我主动搭讪道。

"过奖了,他也就是平时爱瞎玩。"男孩的爸爸笑了笑。

"谁教会他下棋的?是你?"

男孩仍旧低着头。

"不是我,是……是他妈妈教的……"他话没说完,电梯正好开了。

原来男孩一家和我同住一层,就住在我斜对面。我正要推门进屋,男孩在他家门口停了下来,轻声问道:"叔叔,我可以和你下棋吗?等你有空的时候。"

"好啊,"我冲他一笑,"我这两天都有时间。"

"那一会儿吃完早饭就下一局?"

男孩的爸爸轻轻拍了一下他的后脑勺:"你说下就下啊,没礼貌。"然后转头笑着对我说,"这孩子一听下棋就来劲儿。你别听他瞎说,等你有空的时候再说吧,指点指点。"

没过多久,男孩就敲响了我家的房门,还自带了一副象棋。男孩的爸爸也跟在身后,手里提着一袋茶叶。男孩的爸爸一边递给我一支烟,一边做了简单的自我介绍。

男孩叫星子,今年年初刚随打工的爸爸来到这个城市。这副象棋是星子从老家带来的，做工不算精致。

沏茶，摆局，开局。棋局刚下不久，星子的车、马、炮就已经悉数攻过楚河。我发现星子喜欢用车进攻，善于长驱直入，叫人稍不留神就会被杀得个措手不及。

巧合的是，棋过中半，棋局和早上那盘棋十分相似。我故意把我的车送入虎口，想以车换车。星子看了我一眼，手握着车，举棋不定。

"为什么不用你的车换我的车呢？"我忍不住提示了一句。

"我不想换车。车很重要，也最正直，直来直去，不走歪门邪道。我妈妈说了，车是一盘棋的先锋旗帜，就像学校里的国旗一样，要好好保护。妈妈还说，下棋好比做人，不要投机取巧，不要暗算别人，要赢得光彩。早上和爷爷下的那盘棋，好几次我都能偷吃他的棋子，可我没有……"星子把手中的车又放回了原位，头一歪，喃喃自语道，"为什么非要换车呢？除了换车，就没有别的办法吗？"

星子的话刚说完，一旁的爸爸抹了一把眼泪："这孩子，又在想他妈了……"

"怎么了？"我有种不祥的预感。

星子的爸爸控制了一下情绪，然后讲述道：周末的时候，星子不跟伙伴们疯玩，而是一有空就缠着妈妈教他下象棋。不料去年冬天的一个傍晚，星子的妈妈从学校回家时，不慎从石阶摔下山谷，当场丧命。出葬的那天，附近邻村的学生都来给星子的妈妈送行，送葬队伍是村里有史以来人数最多的一次。星子的妈妈是一位民办教师，一直待在那个最偏僻的乡村小学，口碑很好……

星子已是泪流满面。

我安慰了星子几句，然后继续下棋。我主动把车撤退，不搞换车战术……

这一局，星子依然舍马保车，赢了我，而且赢得很光彩。

寻找舟的孩子

那个清晨,晟突然出现在我和滟的面前。

当时,滟正给自己的女儿操办满月酒席。晟提着一个绿色的行李包,站在门口的公路边。

晟是我大学时代的上铺兄弟。大学毕业那年夏天,我整天奔走于各个招聘会,晟却早早地决定做一名西部志愿者,去牙克石锻炼两年。那时,老家的邻居滟正巧来北京找我,说是散散心。我们初中同班了3年,按理说我该奉陪到底。我和晟用一顿街头快餐给她接风洗尘。酒过三巡,滟甩甩手,大度地说,就业是民生之本,你忙你的,让晟陪我就行了。晟欣然答应,两人便熟络起来。两周后的一个黄昏,滟和我把晟送上了开往牙克石的火车。

滟怀里抱着的孩子哭了起来。滟回过神,把孩子递给身旁的姨妈,叫上我,朝晟大步走去。

晟说起了他在牙克石的经历,白天写办公室材料,周末去骑马、割草、拍照,或者帮农家干活。他说牙克石已经是他的"第二故乡"。

"下个月月底,我的志愿服务就期满了。"晟的脸上有一丝不舍的表情。

"接下来,你怎么打算?待在牙克石?"滟关切地问。

"想待在牙克石,但那里没有落脚之处。我一个外地人……我爸这两年身体也大不如以前,"晟顿了顿,看着我,"所以很有可能,我会回北京找份工作,和辉在一起。"

"那就好。在外漂,终究不是办法。你也不小了……"

"是,"晟抿嘴笑了笑,端起了酒杯,"不说我了。滟,祝贺你,都结婚生子了,祝你幸福!"

3个酒碗碰在了一起。一饮而尽。

下午,我们并肩在水库边漫步,话语不多。残阳如血的暮色中,水面被晚风吹起一阵阵涟漪。水库边有两只木舟,晟建议去划船。我们小跑到跟前,才发现一只舟破了个洞,另一只被铁链锁住。未能如愿。

晚上临睡前,晟从口袋里掏出一张"国内挂号印刷品收据",说去年滟过生日时,他给滟邮寄过一封挂号信,里面有一张照片,还有一首诗。

"没听她提起过。什么照片?"

"那张照片,你见过的。前年正月,你和滟去我家玩,我们不是去我村里的水库边了吗?那天雾很大,水库里有一只木舟,孤单地停靠在岸边,当时我给滟在岸边拍了一张照片,以那只舟为背景。"

"嗯,我还记得。舟里还有几朵睡莲,不知哪里来的。当时没来得及把照片洗出来,你就回牙克石了。"

晟从行李包里掏出一本厚厚的相册,抽出那张照片,陶醉地看了好久,然后说:"在所有的照片里,这张照片最好看,很美。可惜邮寄丢了……"

我接过那张收据,瞅了一眼,上面的日期正好是滟结婚的日子……

第二天,晟一大早坐火车回了老家。滟责怪我没有提前告诉她,说怎么也该送一送。我把一张照片递给滟,并转述了晟的话——在所有的照片里,这张照片最好看,很美……

滟翻过照片,发现背后有两句诗:"那个傍晚,她说我还是个孩子/的确,我是一个寻找舟的孩子……"

我问滟,你以前看过这张照片吗?

滟摇了摇头,又翻过照片看了一眼,眼睛顿时湿润了。

寻找舟的孩子

晟的志愿服务时间已满,可直到那年年底,我始终没有晟的消息。他发给我的最后一条短信是:"回京不好找工作,那里积压了一大堆人才,有些迷茫。我独自站在辽阔的草原上,风很大,身旁有许多马,却没有,一只舟……"

晟的手机号换了。我向大学同学打听他的下落,一直未果。

我开始在网上搜索他的消息。我突然想起那句"我是一个寻找舟的孩子",一检索,"寻找舟的孩子"竟是晟的私人空间。这是一个荒芜了很久的空间。晟的个人照片经过模糊处理,却依然轮廓分明。空间的背景图是一只舟,山水间,一个孩子泛舟于江上。在空灵的背景音乐中,我逐一欣赏晟的博文,以及他沿途拍下的风景图片。

一张照片映入我的眼帘,一个女子盘坐于木舟,舟中有几朵睡莲,雾气氤氲。女子的面部被虚化,照片下面只有一行字:"最天使。可惜不是你。流年的诗行,唯有莲花。"

关闭空间的时候,我的眼里含着泪,这么多年了,他居无定所,几经跳槽,只因他的童真、直率。我忽然想起,那年送晟去牙克石的路上,滟对晟如是评价:内敛且有才气,但有些孤僻,不太主流。当时,晟只是粲然一笑,眼里满是深情。

"寻找舟的孩子",一直没有更新。

一个春暖花开的清晨,滟的女儿抱着习题跑来问我:"叔叔,'水能载舟,亦能覆舟'这个典故出自哪里呀?"

我当时正翻开晟那年送给我的相册,里面有滟最好看的那张照片。我一时恍惚,解释道:"和一名志愿者有关……"

泥 人

"你脑子进水了！"二叔听说我从城里辞职回家，当面愤愤地批评我。

二叔也是为我好，现在城里的工作并不好找，我这份坐在办公室里的工作，在二叔看来算是很不错了。

还是母亲体谅我，柔声说道："休息休息，也好……"

我向门外走去，母亲喊了一句："去哪儿？"

"我想一个人走一走。"

我坐在了田埂上，面朝西沉的夕阳。几缕炊烟早早地升起，夕阳趴在青山的肩头，凝视着我脚下这一块块梯田。

村里放学回来的一群孩子，在村口追逐着，打打闹闹。

"玲萍！"屋檐下拾柴的母亲喊了一句，"又回来这么晚！以后一放学就回家，别在路上贪玩！听见没有？"

外甥女敷衍着"嗯"了一声，看见坐在田埂上的我，跑了过来，问道："舅舅，你回来了！舅妈呢？"

我的鼻子一酸。

她眼中的舅妈并不是真正的舅妈，而且永远不是了。年初的时候，我带春妮回了一趟老家，家人都很喜欢春妮，我们也初步打算今年年底结婚。然而，我们前不久刚分了手，因为我没有高收入的工作，没有房子……

分手是我辞职的主要原因。当晚，我私底下把这个坏消息告诉了母亲。母亲愣了好几秒钟，然后小声抽泣起来。母亲没有把这个消息告诉其他人，只告诉了父亲。这让我有"颜面"在村里过几天闲适的日子。

邻居家的老刘今年快六十了，按照族谱，他是我的爷爷。

寻找舟的孩子

他是个单身汉，一辈子靠编竹筐、捏泥人为生。老刘捏的泥人很逼真，价钱也不贵，每次赶集回来，一筐子泥人都卖得精光。

"泥,是庄稼人的根。"因为老刘的这句话，我决定拜他为师。

一天的大部分时间，我都和老刘待在一起，去田间转悠，挑选最好的土块，然后在家加水、和泥，第二天就拿到集市上去卖。土块的质地很重要，和泥也颇有讲究。在老刘的指点下，我已经掌握了基本的门道，也能捏出一些造型。

一个人的时候，我就捏泥人。捏的最多的，自然是春妮。我越来越喜欢捏泥人，心情比回来时好了许多。

这天，老刘赶集回来，径自敲开了我的房门。他递给我一个泥人，说他今天卖了十几个这款泥人，都说捏得好看。我接过来一看，眼眶里顿时含满了泪水：那是春妮的塑像，脖子上围着一条围巾。

老刘告诉我，昨天一大早，母亲把一张春妮的照片给了老刘，并把我这次回来的原因如实相告。

"你妈叮嘱我，说让我劝劝你。她看你整天不吭声，知道你心里难受，又不好多问。"老刘在我身边坐了下来，拍了拍我的肩膀，"没什么过不去的坎儿，振作点！我看着你一天天长大，看着你从小学念到大学，我一直觉得你是个懂事的孩子。孩子，振作起来！"

我含泪点了点头。

我又一次走向田间。一条小河从门前流过，在田间缠绕，流向了村口。几个孩子在用石块打仗，追逐嬉戏着。一个男孩使劲地扔出石块，石块在空中划出一条弧线，最后落到地面，砸中了一个小女孩。女孩蹲在田间，埋头哭了起来。

我长吁了一口气，走到小女孩跟前，劝慰了她几句，然后给了她两粒糖果。她揉了揉生疼的额头，剥开糖纸，然后一边含泪嚼着糖，一边跑回家了。

扭头间，我看见母亲挑着一担水从河边走来。母亲弓着身子，像河面上的那座桥。我疾步向母亲走去……

握着她的左手入睡

"我们相对而睡,我的右手握着她的左手。我看着她闭上眼睛,直到她入睡,我才闭上眼睛。"

父亲和女儿在沙发上相对而坐,深情地回忆着。

"妈睡着之后呢?你还握着她的手?万一翻个身……"

父亲看了看女儿忧郁的脸,笑着说:"我尽量保持一个睡姿,当然,也有撒手的时候,不过我早上起得比她早,趁她还在睡,我就轻轻地握着她的手,直到她醒来。几十年来,我们都这样……"

"爸,你们真幸福!"女儿笑着感叹道,脸上的笑容随机又被阴云给笼罩。

女儿是气着跑回来跟父亲诉苦的。今年年初,女儿刚和丈夫结婚,婚后两人的生活不太幸福。女儿是个急性子,日子过得有点儿平淡,整天为还房贷的事忧心忡忡。丈夫尽量哄她开心,可一提及现实,她脸上的笑容就顿时烟消云散。最近,丈夫失业了,女儿一个人支撑着这个家。

今天去超市买菜时,两人为是否要买肉而争吵,丈夫坚持要买点儿肉回去熬汤,她说服不了他,最后气得跑到父亲住的旧楼房。

女儿也会牵着丈夫的手,一起闲逛,一起过马路,但丈夫从来没握着她的手睡觉。

女儿看了一眼挂在墙上的母亲的遗像,然后扭头对父亲说:"爸,我真羡慕你和妈的这段感情,要是他对我有你们的一半好,我就知足了!"

"女儿啊,我们也有苦难的时候,比如刚结婚时,我们住的是平房,很狭小,夏天蚊子还多,闷得慌。那时候,我们买不起空调,电扇又不管用,我就经常拿着蒲扇给你妈扇风,扇累了,你妈就

寻找舟的孩子

给我扇。"父亲看了一眼老伴定格在墙上的笑容,顿了顿,"你妈的厨艺不错,我们经常吃蔬菜,什么萝卜、白菜、土豆、西红柿,但你妈能把蔬菜做出很多花样,吃得也不腻。我最爱吃炒花生米,你妈就常给我做,有时再买点儿小酒,那叫一个美!"

女儿看着父亲脸上荡漾的笑容,心里羡慕不已。

"过日子,不在于吃得多好、住得多好,两个人相互照顾,体贴入微,恩恩爱爱,就是幸福!"

"就像你睡觉时握着我妈的手,看着我妈入睡?"

父亲像个孩子羞涩一笑,不语。

女儿起身给父亲倒了一杯白开水,然后去厨房做饭了。

女儿特意给父亲炒了一盘花生米,拿出冰箱里的二锅头,一起喝了起来。

酒过三巡,父亲开口说道:"女儿啊,吃完饭,你就回去吧,两口子过日子难免有些磕磕绊绊。强仔失业了,心里也不好受。你们有啥事坐下来,心平气和地聊一聊,相互体谅,事情就过去了。"

女儿沉默了一会儿,平缓地说:"爸,我不想回,我想陪陪你,我们有段时间没来陪你了,最近有些忙……"

女儿见父亲没吱声,又恳求道:"爸,就住一晚,明天我就回。"

父亲终于点头答应了。

父亲今晚喝得很尽兴,边喝边聊过去的事。父亲说女儿从小就懂事好强,学习成绩一直呱呱叫,可惜老伴去世得早,没有得到太多的母爱……

父亲喝得有点儿多,被女儿搀扶着躺到床上。女儿给父亲盖被子的时候,客厅的电话铃响了。

女儿接完丈夫的电话,准备掩上父亲卧室的房门,却见慈祥的父亲侧躺着,右手握着自己的左手……

第二辑　**像海豚一样美**

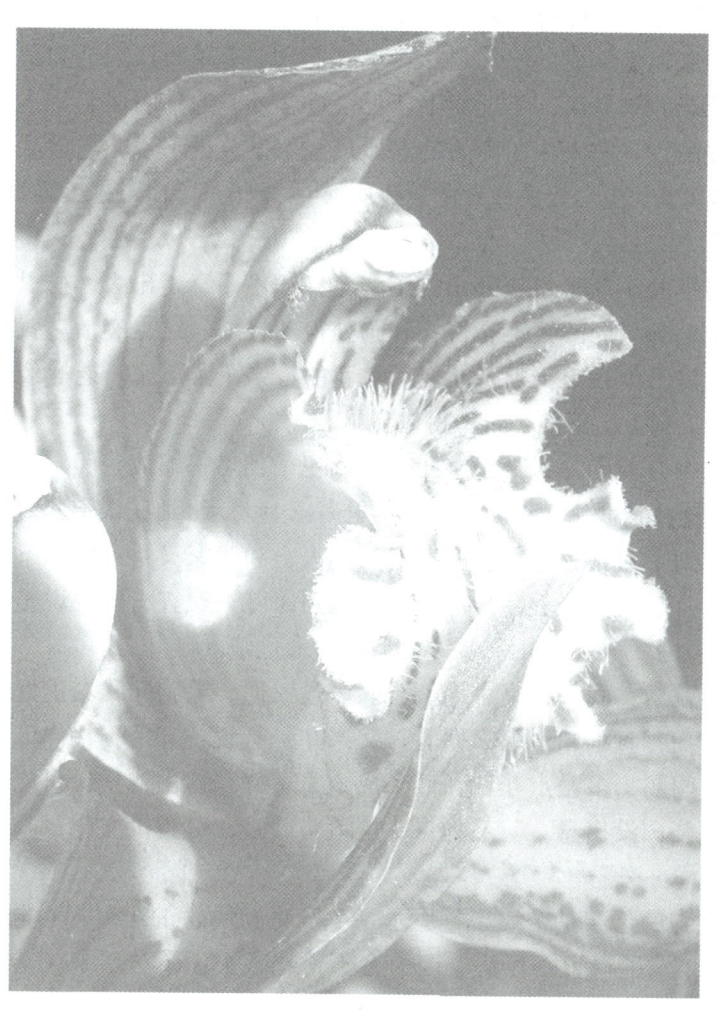

寻找舟的孩子

毛狗幸福记

老黑死了。

毛狗去城里打工了。

电话那头,传来老家的两条大新闻。

老家地处偏僻的小山村,村里有七八个穷单身汉。毛狗是村里最老的单身汉,年近四十还没谈过恋爱。毛狗的父亲是本分的农民,一家人住在简陋的老屋里。家里穷且不说,毛狗从来不爱打扮,头发几乎每天像杂乱的狗毛。他也因此得了"毛狗"的外号。

村里的小伙子纷纷外出打工,毛狗却不愿意走出去。村里人都说毛狗与同龄人不合群,和狗处得却极好。这是实话。我家的老黑出生在毛狗家,断奶后被我的母亲买了下来。老黑经常跟着毛狗上山下地,亲密得像兄弟。

一个月前的一天夜里,我的胃病犯了,疼得缩成一团。母亲决定连夜送我去镇医院,可是家里离镇上太远,怕耽误不起。母亲想到了毛狗。毛狗是村里的热心人,和我家又是亲戚。不一会儿,毛狗就骑着摩托车来了。赶到医院一检查,医生说是胃出血,幸亏救治及时,要不然就有生命危险。

出院后,我们设宴答谢毛狗。酒过三巡,毛狗问我城里好不好。我一时不知道怎么回答。父亲在一旁说:"毛狗,你该去城里闯闯,多赚点儿钱,回来成个家。待在这山沟里,只能种田砍柴,没出息。"毛狗点头应道:"是,可我没文化,我妈又那样……"

毛狗的母亲是个疯子,原本是个贤惠勤快的正常人。毛狗6岁那年,她得了一场病,因为舍不得花钱去医治,后来就落下了病根。她的病不定期发作，一发疯就偷跑出去，经常摔得头破血流。

直至半夜，毛狗才意犹未尽地和我道别。毛狗骑着摩托车在月光下离去，像一个孤独侠。母亲望着他的背影，感慨道："毛狗不愿意出去打工，是怕他妈出个意外。别看他整日游手好闲，却是个孝子，人也本分，就是可惜没对象啊……"

身体康复后，我回到了城里上班。没过几天，母亲就在电话里告诉我老家的这两条新闻。

电话那头，母亲长叹了口气，接着说："老黑死得很安详，还是毛狗帮忙安葬的，它就葬在村口的那片树林里。没过几天，毛狗就不见了人影，据说是去广东打工了。"

"毛狗这次怎么决定去打工了？"我忍不住问道。

"村里人都说毛狗是被气走的。前一阵子，媒婆给毛狗介绍了一个对象，对象是邻镇的老姑娘，家里挺有钱的，却没有儿子，准备找个上门女婿。媒婆一再叮嘱毛狗打扮得精神点儿，结果相亲那天中午，女的一家刚进村口，毛狗他妈就从家里疯跑了出来，在村口边跑边喊'要打雷了，赶紧躲到山洞里'。那女的扭头就走，还骂骂咧咧：'疯女人，没教养的神经病！'毛狗急了，回骂了一句：'有钱了不起啊，有钱就能侮辱人啊，你才是没教养的东西！'毛狗他爸连忙赔不是，当面把毛狗骂了一通，但还是没挽留住人家。第三天清早，毛狗就离家出走了。"

我的脑海中又浮现出毛狗在月光下骑着摩托车离去的身影，心中隐隐作痛。

半年后，母亲告诉我，毛狗的母亲摔倒在村口的河里，临死前盼着要见毛狗一面，可惜没盼到。毛狗赶回家参加了葬礼，还带回来一个叫小英的女朋友。小英长得不算俊俏，但看起来挺本分的，是会过日子的那种。

我八卦了一句："两个人是怎么认识的？"

寻找舟的孩子

"毛狗救了小英的命。一天晚上，小英的包被人抢了，小英就去追，结果被那两个歹徒摁在巷子里，差点儿被糟蹋了，幸亏被毛狗碰上了。毛狗平日在厂里最老实，那天他却一斗俩，很勇敢。正好巡逻的人也路过那里，把两个歹徒抓起来了。后来，毛狗和小英就好上了。毛狗如今在镇上搞家电维修，生意还不错哪。下周一，毛狗就要结婚了……"

我打心眼里替毛狗高兴，一再叮嘱母亲在他结婚那天送上一个大红包。

毛狗终于有了一个家。据说结婚那天，毛狗的头发梳得油亮油亮的。

农村包围城市

老王蹲在一块空地上，嘴里吧嗒吧嗒地抽着旱烟。要是在老家，就不会这么闲得慌了。老王嘴里嘀咕着。

正值夏天，如果在农村老家，老王一有空就扛着把锄头，在田间转悠，这儿填块土，那儿挖条沟。老王是村里出了名的勤快人。可是，老王在这个工地上已经闲了好几天，因为资金不到位，原计划盖16层的高楼盖到一半就再也没长高了。

老王把这个工地幻想成一片梯田了，那些垒在一起的砖块俨然是笔直的田埂。老王掐灭了烟，然后拍了拍衣袖，起身朝不远处的公交站台走去。这里的东西都很贵，坐公交车倒是便宜，在城里转了大半圈，还不到一块钱。这一点，老王深有体会。于是每隔几天，老王都会挤上公交车，到处走走看看。

这天，老王来到了广场。他已经来过不止一次了。每次往广

场上一站，老王的腰板就直了不少。从广场的南边走到北边，再从北边走到南边，老王突然停下了脚步，脸上就露出灿烂的笑容。

老王急忙坐车回到工地，大步流星地走进宿舍平房。他从枕头下掏出一封信，又大步流星地朝门外走去。这封信是儿子寄来的。儿子复读了一年，语文成绩总是拖后腿。儿子在信中说，这阵子老师和同学们都在押高考作文题，押的题越多，儿子心里就越没谱，睡眠质量也不高。儿子的信可愁坏了老王，昨晚一夜没睡踏实。老王斗大的字不识几个，没上过学，更别提押什么题了。

不过，现在老王的脸上堆满了笑容。老王过了一座天桥，在河渠边到处找小郭。小郭和老王是一个村子的，初中毕业，今年刚随老王到这个工地干活。小郭正坐在柳树下的石凳上低头看书。老王走到跟前，使劲拍了一下小郭的肩膀，吓得小郭打了个激灵。

"也不打声招呼，魂都快被你吓跑了！"小郭抱怨道，"有事吗？"

"帮我写封信。"老王没容小郭多说，拉起他就往宿舍走。

第二天一大早，老王就跑到附近的邮局寄了一封信。信是这样写的："娃，昨天我去了趟广场，我从广场的南边走到北边，再从北边走到南边，走到英雄纪念碑跟前的时候，我脑子里突然就想到一个高考作文题，叫作'农村包围城市'。娃，我是这样想的，眼下这么多农民工进城打工，像潮水一样，为的是给农村老家赚点儿钱，也为城市建设出点儿力，这是不是可以叫作现代版的'农村包围城市'呢？娃，我没啥文化，我只是觉得农民工问题是件大事，高考应该和国家大事有关，我的想法不一定对，仅供参考。娃，平时学习别太累，压力别太大，注意身体。完。"

老王是笑着往邮筒里塞这封信的。

寻找舟的孩子

一个月后,老王收到儿子的一封信。儿子在信中说,今年的高考作文题竟然真的和农民工有关,儿子考前准备了不少相关资料,所以这次作文写得很顺手。分数估完了,其他科目考得也不错,考上大学应该没多大问题。

老王心里乐开了花,没想到自己的想法成了高考试题。要知道,全国每年有那么多人在关注高考哪!信是小郭帮忙念的。小郭最后念道:"爸,我第一次发现你就是我的专家,革命老区的专家。以前我不懂事,任性,不听你的话。爸,在外多注意身体,等我的好消息!"

当晚,老王特意去饭馆加了一顿餐,菜不丰盛,老王和小郭却吃得很尽兴。几杯酒下肚后,已是月明星稀,老王喊了一声"埋单",手往上衣口袋一摸,脸上的笑容突然凝固了。老王的口袋里,羞涩得很……小郭使劲拍了一下老王的肩膀,说:"叔,别愁,办法是人想出来的。来,专家,再喝一杯,干!"

老王笑了笑,端起满满的酒杯,一饮而尽。

真假约会

王老师绕着足球场转了一圈又一圈,说是散步放松,其实内心一点儿也不轻松。

又一届学子升入高三了,足球场上挥汗如雨的学生少了很多。看着火红的夕阳,王老师不由得想起上一届的毕业生。同学们的高考成绩并不理想,考入重点大学的人屈指可数。年轻气盛的王老师决定今年大干一场,多培养几个高才生,为此还专门请教了好几位有经验的班主任。

这会儿，王老师正在思考怎么和学生打成一片，忽然听到一个女生的声音："这个周末终于可以休息了，明天晚上咱一起去约会吧。"大树背后的这个声音怎么这么耳熟？王老师循声望去，果然是班上的郝丽和吴佳躲在一棵大树后面私聊。王老师心里一惊，故意放慢脚步，凑过去听个究竟。

吴佳问："还是在教学楼的露天楼顶吧？几点？"

"嗯，老地方，老时间，8点整，别迟到啊。"

王老师忽然感觉脑袋有点儿懵，好像吃了当头一棒。校长前不久在会上刚提醒各位班主任：高三，千万要提防学生早恋。没想到自己班上竟然摊上这等事！可是，郝丽的学习成绩一直不错啊，上次月考还是全班第三名，怎么会跟人约会呢？王老师控制住激动的情绪，耐心听下去。

郝丽说："告诉你一个好消息，咱班的刘凯大才子也来约会。"

"太好了！看来他也经不住诱惑嘛，呵呵。对了，听说你刚建立了一个QQ群，你说一下，我记在本子上……"

王老师心里有些慌了，但还是记住了郝丽说的QQ群号。王老师越想越生气，决定彻查此事。

回宿舍的路上，王老师想起了自己的高中年代。那时候，男女同学私下几乎不说话，与物理学磁场中的"异性相吸"原理极不相符。高二那年，班上一名篮球技术很棒的男生与"班花"交往甚密，经常私下走在一起，有说有笑。班主任找两人密谈了好几次，但他们都声称只是好朋友的关系。班主任于是私下找了好多同学举证，但始终无果，还把事情闹得沸沸扬扬。"班花"被迫转学，后来，两个当事人高考纷纷落榜……

当晚，王老师冒充是班里的一名学生，申请加入郝丽的QQ群，没想到还要进行身份验证，需要输入"接头暗号"。王老师输了好几个暗号，都提示暗号不对。王老师气不打一处来，愤愤地想：看我明天晚上怎么收拾你们！

寻找舟的孩子

第二天傍晚，王老师早早地站在办公室窗前，监视着对面的教学楼。吴佳背着一个粉红书包，第一个进入教学楼。没过多久，刘凯和另一位男生也进去了。郝丽是一路小跑来的，手里捧着一沓纸。

是时候了，王老师一边朝教学楼走去，一边猜想即将目睹的场景。刚走到教学楼门口，王老师看见地上有一张打印单，顺手弯腰捡了起来，只见上面写着：

"我们与文学约会，我们与梦想约会。如果你热爱文学，欢迎加入高三（2）班'约会吧文学社'。温馨小提示，学校最近禁止毕业班举行一切业余活动，故请大家秘密'约会'……"

原来是一场误会，王老师脸上的愁云顿时散了，心里的石头也终于落了地。

王老师本想转身离开，但转念一想，自己冒名申请加入QQ群的事情一旦泄露，恐怕会造成不好的影响。王老师沉思良久，还是决定去一趟露天楼顶。

王老师笑着摇了摇头，然后朝着露天楼顶大步走去……

走，今天陪你去遛街

阿英喜欢夜里遛街。上高三的时候，晚自修结束的铃声响过之后，阿英经常独自沿着学校足球场遛圈，一遛就是好半天。大学四年，阿英几乎遛遍了学校周边大小大小的街道。

大学舍友跟阿英开玩笑说："你都遛了大半个城了。"

阿英浅笑道："这算什么！毕业后，我要遛遍大半个中国哪。"

果不其然。大学毕业后，阿英辗转于南北好几个城市，先是替人打工，跳槽若干次，最后在南方小城落脚，独自开了一家"贝贝"童装店。

童装店开业当天晚上，阿英的父亲在电话里嘱咐道："有了自己的店，就像对待宝贝孩子一样好好经营，多花点儿心思。我年纪大了，离你这么远，也帮衬不上你……"

"爸，看你说的，你不是给我掏了5万块钱吗？"阿英连忙宽慰道，"爸，你可是我们'贝贝'的股东——大股东哪。年底，你就等着分红吧。"

阿英的眼里有了泪花。这些血汗钱，是父亲省吃俭用攒出来的。父亲是个地道的农民，每年种十几亩地。自从阿英的姐姐出嫁后，父亲肩上的担子就重了。邻里亲戚都劝，别让阿英念书了，让她在家帮你分担点活儿吧。父亲始终没答应。

阿英小时候没少挨父亲的揍，心里自然记恨父亲。阿英只跟母亲唠叨学校里的事，对父亲不理不睬。高二那年秋天，母亲上山砍柴时摔下了山崖，当场毙命。在葬礼上，阿英咬牙发誓要发奋读书，走出这穷山沟……

阿英的"贝贝"成长得很快，销售额与日俱增。阿英有些忙不过来，便向在外务工的姐求助。姐二话没说，几天后就来店里帮忙了。

这天中午，姐妹俩吃快餐时，姐跟阿英商量道："咱爸一辈子没出过山，要不我们过几天把咱爸接来，见识见识城里的世面？"

"好啊。"阿英心里也早有这个打算。

父亲一听这事，没答应，急忙挂了电话。

打烊关门的时候，姐扭头问阿英："最近都忙生意的事，你好久没去遛街了吧？"

"没。"阿英低头笑了笑。

"走，今天陪你去遛街。"

姐妹俩溜达到了一座天桥上，两人并肩看着桥下闪烁的霓

寻找舟的孩子

虹灯和长长的车流。

"城市的夜好美!"姐感慨道,"可惜咱爸看不到。"

"咱妈更看不到了……"阿英突兀地说,"姐,昨晚我梦见咱妈了。她说在那边过得很好,让我们别挂念。咱妈还知道我们有了'贝贝',说她打心眼里替我们高兴。"

姐扭头看着阿英,一时无语。

"姐,你知道我为什么喜欢夜里遛街吗?"

"因为你从小孤僻。"

"不全是。"

"因为你是在夜里出生的。"

"也不全是。"

"因为咱妈?"姐怜爱地看了阿英一眼。姐听父亲说起过,自从母亲去世后,阿英在学校里就变得沉默寡言,经常独自围着足球场绕圈。班主任不放心,就找阿英的父亲谈过几次。

阿英低头看着桥下的车流,喃喃地说:"因为我是个被人遗弃的孤儿,是咱妈抱养了我,在一个下雪的傍晚。"

姐注视着一脸泪水的阿英,轻声问道:"你怎么知道的?家人都让我向你隐瞒这事啊……"

"我考上大学那年,咱家不是操持了一桌酒席吗?那天晚上,咱爸和伯父喝得尽兴,伯父喝多了,无意间透露了我的身世,被我在过道里听到了……"

"原来,你早就知道了……咱爸妈私底下时常告诫我,不让我欺负你,要我把你当亲妹妹对待。"姐顿了顿,看了阿英一眼,"阿英,有件事,我说出来,你别怪咱爸。"

"不会的。"阿英笑了笑,"你说吧。"

"你考上大学那年,家里缺不少学费,一些亲戚劝咱爸别送你去上学,担心你迟早会知道你的身世,再也不回这个家。咱爸跟我说过这事,也犹豫过,但最后还是决定勒紧裤腰带,坚持供你读完大学……"

"我怎么会呢？我只有一个家。咱爸妈待我如亲生女儿，我很幸福。"阿英抬头看了一眼夜空，又说，"只是，咱苦命的妈，一辈子没享福……"

姐搂着阿英，肩膀颤抖个不停。

阿英轻轻地拍着姐姐的肩膀，安慰道："姐，别哭，别哭。姐，过几天我回家一趟，一定说服咱爸来城里转一转。"

"嗯。"

"把咱妈也一起接来……"

霓虹灯闪烁的深夜，姐妹俩哭抱在了一起。

特别的兵

伯父扛着锄头正要进家门，见村口开来一辆小轿车，径自开到了家门口。

车上走下来一个穿军装的人，搀扶着一个白发老者钻出了车门。老者高大而魁梧，戴着一顶低檐帽。伯父上前问道："你们找谁？"

老者凝视着伯父，然后紧握着伯父的手，喊了一声："老班长！"

伯父瞅了瞅："老徐？是老徐啊！快，进屋，进屋！"

陪老徐前来的军人叫志国，是老徐唯一的儿子。吃了点果子，伯父和老徐在门口相对而坐，沐浴在暖融融的阳光下，高兴地叙着旧。

伯父刚去当兵那年，因为个头矮，背地里常被几个老兵欺负，

寻找舟的孩子

其中就有老徐。伯父对那些老兵很隐忍，每天偷偷苦练基本功，不到半年时间，各项考核指标都是优秀。伯父成了班里的佼佼者，那些老兵也就对伯父敬而远之，后来甚至称兄道弟。那一年，我的爷爷去世，家里缺男丁，伯父也就退伍了。伯父退伍时，很多战友都来相送，有几个兵当场哭成泪人。

"老班长，你真是不简单，小小个头，能耐却很大，人还心善。"老徐打开了话匣子，"如果你没退伍……"老徐脸上的表情变得有些凝重。

"我现在做个小百姓，也不赖。我的两个儿子虽然出息不大，靠在外地打工过日子，但家庭还算美满。我也就知足了。"伯父把我叫到跟前，接着说，"老徐啊，我这个侄子算是出息了，考了个名牌大学，今天刚毕业，过几天就要去部队锻炼几年，他也算是个兵啦。"

老徐点了点头，陪着伯父笑。

过了一会儿，老徐扭头对儿子说："志国，去把我包里的那两个木盒子拿出来，我想和老班长下一局象棋。老班长，没意见吧？"

"下棋，没问题。"伯父拍了拍老徐的肩膀，"不过老徐啊，我现在眼睛不行了，已经好久没下棋了。我有个提议，让我们的后代替我们下一局，你看行不行？"

老徐犹豫了一下，点了点头："行！听老班长的！也看看我们培养出来的后代，谁技高一筹。"

志国从屋里把两个盒子拿了出来，放在了竹椅上。老徐打开了其中的一个盒子。象棋很普通，木刻的，做工很粗糙。

我和志国摆好了棋局。伯父让伯母拿来了老花眼镜，在我身边做起了参谋。

我和志国下棋时尽量下得慢一些。伯父不时地指挥着棋子的走向，一脸较真的样子。我抬头看了看老徐，也是如此。

棋到中局,进入了白热化,双方棋子已经兵临城下。伯父这方占据着主动,只要调动藏在边线上的车,以及两翼的马,就稳操胜券了。

"老班长,不要给我面子,该攻就攻,早分胜负!"老徐扶了扶眼镜,脸上表露出战士特有的果断。

听老徐这么一说,我刚抓起边线上的车,准备直插底线,不料伯父夺过我手中的棋子,说:"不走这棋,跳马,把右边的马后退一步。"

我正狐疑于伯父的这步臭棋,伯父趁我走棋的时候,偷偷地把车放回了原位——"车"变成了"兵"。伯父瞅了我一眼,让我专心下棋。

几步棋过后,胜负已定。

"老班长,这次我赢了。"老徐把眼镜摘了下来,"可是,我又输了。"

我和志国都不解其意。

老徐抓起了我手边的那个兵,翻了过来——伯父的障眼法被揭穿了。

"老班长啊,30年前的那盘棋,是你故意输给我的……"老徐的脸抽搐着,激动地往下说,"当时提干的指标有限,我以为你跟政委说情,要抢走我的名额,所以我很不服气,向你下战书,以一盘棋论胜负。当时你一听,就笑着应了。我们当时下的就是这副棋,是你买的,结果我赢了你。后来我收拾残局时才知道,你故意在这个'车'的背面刻了个'兵'字,你趁我下棋不注意,故意把'车'翻了过来。这事之后没多久,你就退伍了……后来我听政委说,原来你早就知道我家的情况,第一个就举荐了我……"

伯父跟我说起过老徐家的情况。老徐下面有两个妹妹,父亲早逝,全靠母亲一人持家。母亲送老徐入伍的时候,千叮咛万嘱咐,希望老徐好好表现,以后混个一官半职,了却父亲想当兵的夙愿,也给家人争争光。老徐可谓是家人的全部希望。

老徐用手帕擦了一把泪,接着说:"老班长,当年我对你那么有成见,不服你这个矮个头,背地里还向领导打小报告,说你是地主家出身……老班长,是我对不起你!"老徐已是老泪纵横。

"老徐,过去的事就过去了……"

老徐又擦了一把泪,然后转身把竹椅上的另一个盒子打开,从里面掏出了一块怀表。老徐把怀表颤巍巍地递给伯父:"老班长,我这个兵没什么好相送的,记得你说过想要一块怀表。今天我把它送给你,就当作你今天的生日礼物!"

"生日?"一旁正在杀鸡拔毛的伯母闻讯站了起来,迟疑了片刻,然后拍了一下额头,"哎呀,是,忙得都把他的生日给忘了!"

伯父冲老徐一笑,含着泪把怀表接了过来,然后递给了我。我摩挲着这块表,翻到背面一看,只见浅浅地刻着一个字:兵。泪眼蒙眬间,我看见两个老人紧紧地抱在了一起。

酒中情

方圆几里的人都知道,姑父是个酒鬼。姑父每天都离不开酒,但从不喝醉。

姑父只喝米酒。姑父自己种了几块庄稼地,每年都种点糯米水稻,然后将糯米酿成米酒。按姑父的说法,这叫自力更生、丰衣足食。姑父最爱喝姑姑酿的米酒,姑父常对我说,这世上没有谁酿的酒比得上你姑的。姑父的口福并不好,唯一的女儿芳芳刚满7周岁，姑姑就得胃癌去世了。

姑父一个人操持这个家，比以前更爱喝酒。

姑父把芳芳抚养成人，对她格外疼爱。芳芳也很争气，圆了姑父的大学梦，去年刚找了一份不错的工作。芳芳一向懂事，很少让姑父操心。

不过，最近姑父为芳芳的婚事伤透了脑筋。芳芳在电话说，过几天带回来一个未婚夫，让姑父验验货，可以的话就在今年国庆时结婚。姑父一听说未婚夫是邻村的长生，在电话里当即就拍了板——门儿都没有！要知道，姑父曾经是一名中学语文老师，长生当时可是他班上有名的小混混，不学无术。

这天上午，芳芳带着长生从外地回来了。长生提着一堆礼物，点头哈腰，对姑父格外敬重。姑父却根本不赏脸，把长生晾在一边。长生只好知趣地起身离开。

"怎么办啊？"芳芳送长生出门的时候，一脸忧愁。

"没事的，我有办法。"长生拍了拍胸脯。

第二天中午，长生又来了，手里提着一个沉甸甸的塑料袋。长生掏出一幅字画，上书："风味隔壁三家醉，雨后开瓶十里芳。"笔锋刚劲有力，颇有颜真卿的风格，落款竟是长生的印章。

长生问伯父这副对联写的是什么，姑父冷笑道，酒，白痴都知道。长生又追问是什么酒，姑父被问住了。长生趁机从塑料袋里掏出一瓶白酒，是53°的茅台酒。姑父没喝过白酒，但茅台酒还是知道的。

"王老师，中午我们喝一口茅台吧，这可是'国酒'！"长生把酒瓶递过去，芳芳机敏地接了过来。

长生在姑父对面坐了下来，搭讪道："听说您爱喝酒，我也喝点儿。而且，我对酒还有点儿心得……"

姑父没有搭茬，仍然埋头和我下象棋。芳芳朝长生挤眉弄眼。

长生接着自说自话，比如"酒"这个字，是个会意字，从水从酉。"酉"字呢，是个象形字，像酒坛酒罐的形状……

姑父抬头瞅了长生一眼，对这个昔日的差等生有些刮目相看。

"酒文化是一种生存之道。喝酒是一种享受和调节，尤其是人累了的时候。"长生看了姑父一眼，继续说，"喝酒要细品，做人也一样。"

"你小子是从哪里学来的？一套一套的。"姑父终于开了口。

接下来，两人就聊开了。我和芳芳则去厨房忙着准备午饭。

芳芳做了一顿丰盛的午饭，一家人坐定。姑父刚要倒上米酒，就被长生劝住了。长生说，每年的国庆宴会，领导人喝的都是茅台酒。我们今天也讲个排场，喝一次国宴酒，怎样？

姑父没有拒绝，头一次喝起了白酒。喝之前，姑父端着酒杯在鼻子前闻了好久，然后一口一口地抿着喝。

酒过三巡，撤了饭桌之后，姑父主动叫长生下棋。长生先输了两盘，然后连赢两盘，两人最终打成了平手。

天快黑的时候，芳芳把长生送到家门口。芳芳心里很纳闷，问长生对她爸说了些什么，怎么态度有了180°大转弯。长生笑而不答，只说刚才是故意先输两盘棋。

当晚，姑父在神龛上摆了一杯茅台酒，在姑姑的遗像前伫立了许久。

事后芳芳告诉我，第二天一早，姑父把她叫到了跟前。芳芳笑着问是不是那瓶茅台酒讨了姑父的欢心，姑父说并不是因为酒，而是被长生的上进和真诚所打动。长生在姑父面前一再表示，会真心对芳芳好。而真正打动姑父的，是长生的这句话："酒好比女人，把酒当作知己，戒贪戒躁，才能成为酒中仙，才能做个有方寸的好男人。"

芳芳如愿和长生结了婚。婚礼上，姑父喝得酩酊大醉。

姑父把长生送的那幅字画，挂在了书房。姑父还是每天喝酒，只是喝的量比以前少了点。

这天下午,姑父给了我一份报纸,有一篇散文的署名是姑父。文中说,当年姑父在外地的师范院校读书,曾暗恋一个同班同学。同学家里的条件好,父母看不上姑父这个穷苦的农村孩子。无奈之下,姑父写了这封诀别信,毕业后被分配到我们这个偏僻的中学,从此扎根于这里。

"这次,我给了长生机会,希望他们能过得幸福,就像我和我的老伴一样。"姑父对着神龛上姑姑的遗像,喃喃地说。

这时,我的手机铃声响起,是长生打来的。长生说今天是姑父56岁的生日,还说姑父是酉时出生的,让我晚上和姑父喝两杯,庆祝庆祝。

我把手机递给了姑父,只听手机那边传来一声真挚的祝福,"爸,生日快乐!"

"哎!"姑父的声音有些颤抖。

我看了看墙上的挂钟,此时正好是酉时6点。

与"打"有关

老王是我的小学语文启蒙老师,去年刚退休。退休后的老王闲不住,经常在小院的凉亭开"讲坛",围观者无数。

这天黄昏,我拎着酱油瓶路过凉亭,见一群人又围在老王身边。老王抬手拍了拍膝盖,感慨道:"人生在世就是一台悲喜戏,一台与人打交道的多角戏。戏中有形形色色的正、反派人物,有起起伏伏的矛盾冲突,于是就有了人物的悲欢离合。我这几天发现一个很有意思的字,这个字就是'打'。所谓不打不相识,说到底,人活一辈子就是与人打交道,这就是'打'的生活哲学。"

寻找舟的孩子

大伙儿频频点头。

老王喝了一口茶水,继续说道:"说起'打'字啊,我想起自己的小学时代。那时候,我就是村里伙伴们的'老大'。上学的路上,我从来不背书包,因为有人抢着背,后来为了公平起见,大伙儿就轮流给我背。小顺子是个例外。小顺子从小没爹,沉默寡言,几乎不跟我们一块儿走。有一次,强子趁教室里没人往女班长抽屉里放了一只青蛙,把女班长吓哭了。后来让班主任查出来了,强子被罚站了一堂课。放学的路上,强子跟我说这事都怪小顺子打小报告,于是我们决定进行打击报复。第二天清早,我们在村口把小顺子逼到路边质问,小顺子却打哈哈,拒不招供。我们起初是打嘴仗,后来变成了拳打脚踢。这过程中,强子打掩护,站在村口放哨,以免被路过的大人发现。小顺子的鼻子被打得鲜血直流。这时有人开始打退堂鼓,开溜了,打掩护的强子也逃跑了。小顺子的母亲正巧挑着竹篮子去赶集,把我逮了个正着,哭嚷着要带我去见家长。父亲一向严厉,当即把我按在木凳上打屁股,打得我哭喊着求饶。还是小顺子心善,替我向父亲求情,父亲这才住手。也怪,自打那天起,我和小顺子渐渐成了朋友,现在已经是多年的好兄弟。大伙儿说这事怪不怪,真是不打不相识啊……"

大伙儿又频频点头。

"说到'打'字,我小时候可没少挨打,爹娘打,老师打……"坐在老王身边的明仔接过话茬,不好意思地说,"王老师,这叫'不打不成器',对吧?"

"还真是不打不成器,你这个大学生就是从小打出来的。"大伙儿都拿明仔开涮,笑声一片。

站在明仔身边的志国叔止住了笑,也打开了话匣子,感慨道:"人啊,真是路遥知马力、日久见人心。我的同事小李和小孙家是世交,小李爷爷曾和小孙爷爷一起在战场上打坦克、打飞机,小李爷爷还救过小孙爷爷的命，称得上患难之交。后来，小孙他爹当了官，小李他爹成了平民百姓。有一次，小李去找小孙他爹办点儿事，完全是正当合法的事，不曾想小孙他爹一个劲地打官腔，说现在手头事多，推三阻四。小李跑了半天，愣是没把这公章盖下来。事后，别人笑话小李不懂规矩，说找领导办事得事先打理一番，比如送一张消费卡，说几句好话什么的，可小李为人正派，从不屑于打躬作揖。唉，这事闹得，两家的情分就这么打水漂了，那份革命时代的兄弟情谊也就断了。"

坐在老王对面的葛叔不禁念起了一首打油诗："生命在于运动，官场在于活动。不跑不送，听天由命。光跑不送，原地不动。又跑又送，皆大欢喜。"网上这首打油诗形容小李这事，再贴切不过了。

"贴切，贴切！"老王喝彩道。

明仔也在一旁叫好，然后感慨道："这世道，什么人都有。有时候人倒霉，连怎么被人打的都不知道。我的一个哥们说过这样一件事：有个农村小伙子打了大半辈子光棍，一直在城里工地上打工。这天好不容易休息，光棍一早就出了门，还特意梳洗打扮了一番。他蹲坐在天桥的台阶上，一边看着形形色色的路人，一边想象自己在这座城市里的角色和贡献。一对情侣在天桥下吵架，吵了半天。光棍起身走下天桥，心里犹豫着要不要劝一劝这对情侣，下意识地瞅了一眼那个男的，不料吃了一记重拳。那个男的吼道，民工佬，看什么看？没看过城里人吵架啊！光棍埋头流着泪，灰溜溜地回到了工地上。自打那天起，他一看到城里人吵架就打寒战，离得远远的……"

老王直摇头，一抬头见了我，便冲我喊道："天都快黑了，去干吗？"

"打酱油！"我应了一声，引来一片善意的笑声。

手机，手机

小雅和同事走出 CBD 办公大楼，并肩往饮食街走去。

"小雅，今天想吃什么？"同事边走边问，"每天都为午餐发愁，唉，周围的饭馆都吃腻了。"

小雅一边掏出手机，一边说："现在是北京时间 12 点整，离上班时间还早，咱今天走远一点儿，去发现美食'新大陆'吧。"

两人走过了两条街，在一家快餐厅门前停下了脚步。快餐厅门口摆放着一个广告牌：用餐时不用手机者，打九五折！

同事扭头对小雅说："这个创意挺新鲜的。咱去尝试尝试，走……"

小雅跟在同事后面，步入了快餐厅。一位靓丽的女服务员迎了上来，笑盈盈地说："欢迎光临！请您先把手机寄存在柜子里，用餐结束后，凭钥匙牌号领取您的手机，就可以享受九五折优惠。"女服务员指了指收银台后面的两组柜子，然后做出请的手势。

同事爽快地存放了手机，小雅则有些迟疑。女服务员见状，连忙解释道："小姐您放心，我们有专人负责，会确保您的手机安全无误。"小雅浅笑了一下，不舍地掏出手机，递给了女服务员。

两人选了一个餐位入座，各点了一个盖饭套餐。餐桌上放着一个牌子，上面写着：世界上最遥远的距离就是我和你坐在一起，你却在玩手机，所以请暂时抛弃你的手机，拉近彼此的距离。

"这句话我好像在网上见过。"小雅环顾四周，发现每个餐桌上都放着这样一个牌子。周围的顾客们相对而坐，一边吃饭一边交谈，热闹而不嘈杂。

同事感慨道："大家安心吃饭，都不带手机，无丝竹之乱耳，挺融洽的，挺好挺好。"

小雅表面上点头附和，内心却乱成一锅粥，心想：男友有没有给我打电话？会不会有同学给我发短信？家人会不会有急事找我？

小雅越想越急，吃饭的速度比平时快了很多。从服务员手中接过手机后，小雅打开手机，发现没有未接来电，也没有未读短信，心里才踏实下来。

回到单位后，小雅像往常一样忙前忙后。下班时天阴沉沉的，同事催小雅赶紧一起回，直到挤进地铁，小雅才发现手机落在了办公室的抽屉里。小雅悔得心里直痒痒，一路上少言寡语，眼巴巴地瞅着别人一个个埋头玩手机。

回到家后，小雅越想越烦乱，要不是下着大雨、路途又远，真想马上回单位一趟。她冒雨在楼下的小店里给男友打了个电话，倾诉了半天，才灰溜溜地回到了卧室。当晚，小雅辗转反侧，很晚才睡着。

第二天，小雅早早地起了床。挤在地铁里，她不由得回想起昨晚的梦魇。在梦里，她和男友在郊外游玩，不小心在人群中走散了，手机也丢了。天忽然变暗，她赶紧往回走，却不知道来时路，人群也不见了。她下意识地想到用手机上网查回家的路线，或者打电话求救。那一刻，手机就是救命稻草。她像没头苍蝇一样奔跑在荒凉的郊外，无助而恐慌……

人没有了手机，就像缺了胳膊少了腿。走出地铁时，小雅由衷地默念道。

小雅一路小跑着来到办公室，第一时间打开抽屉拿起了手机。手机里有男友的两个未接来电，其余的都是垃圾短信。

小雅拨通了男友的电话，一边往楼下的早点铺走去，一边闲聊着，聊得不亦乐乎。

送花使者

他骑着电动车,像风一样穿行于大街小巷。

"还剩最后一个客户,马上就能下班了。"他看了一眼车筐里的一束玫瑰花,长舒了一口气。

他来到一个名叫"幸福苑"的小区,找到了快递单上的楼房。他仔细看了看具体的楼层,一时犯难了:究竟是2单元601,还是7单元601?快递单上的字有点儿潦草,一字之差,就有可能张冠李戴,被客户投诉。

他赶紧打电话跟客户核对,可是收件人已关机,寄件人的手机也无法接通。他忍不住抱怨道:"真是的,送花本来应该真心实意,这么马虎,连个字也写不清。"

他只好摸着石头过河,赌一赌运气。他先按响了2单元601的门禁,半天也没人应答。他又来到7单元楼下,按了一下601的按键,不一会儿就响起一个女声:"你找谁?"

他连忙答道:"您是徐女士吗?我是快递员,有位王先生送给您一束鲜花。"

"鲜花?"对方沉默片刻,然后兴奋地说,"哦,门开了吧?请进!"

他爬到6楼,敲开了徐女士的房门。徐女士双手接过那束玫瑰花,凑近深情地闻了闻。他在一旁笑脸相对,心想:她的眼睛真大,眉毛修长,很像自己的女友。

"真是的,预订了花也不事先说一声。"她嘴上嗔怪道,但脸上满是笑容,"哦,我不是说你。谢谢!"

"不客气。请你在这张单子上签收。"他一边递过单子和笔,一边问道,"请问您的手机是不是关机了?刚才一直联系不上您。"

她掏出口袋里的手机一看，随即说道："还真是手机没电了，不好意思。"

"没关系，鲜花送到了就行。"他接过递过来的单子和笔，临走时习惯性地送上了一句祝福，"祝您和家人幸福快乐！再见！"

"谢谢！"他收获了一句相同的感谢语。

他哼着欢快的小曲，兴奋地往楼下走去。

虽然这份工作工资不高，但能给别人送去快乐和祝福，同时自己也收获了欢乐，正所谓"送"人玫瑰，手有余香。一想到这点，他冲着天边的夕阳笑了笑。

刚走到小区大门，他的手机响了，电话号码竟然是刚才那个单子上的王先生。他疑惑地接通了电话："您好！请问有什么事？"

"我是幸福苑小区2单元601的王先生，我上午预订的玫瑰花还没送到吧？"电话那头传来一个不好的消息，"我媳妇刚才用公用电话给我打了一个电话，说她还在超市，大概10分钟后才能到家。"

"哦。"他的大脑空白了一两秒钟，刚才那束玫瑰花显然是送错了。职业习惯让他马上清醒过来，他客气地说，"我正在您的小区里。刚才我打徐女士的电话，提示关机，您的手机也打不通。"

"我正在地铁里，可能信号不太好。我也快回来了，麻烦你等几分钟。"

"好的。"他挂断了电话，心里有点犯难。

按理来说，他可以去找7单元601的徐女士取回那束玫瑰花，物归原主。可他一想到她闻玫瑰花的陶醉表情，竟有些心有不忍。两朵玫瑰也不贵，还是算了，自掏腰包去小区附近买两朵吧。谁叫今天这事这么巧呢，竟碰上两位同姓的主儿。他笑了笑，走出了小区门口。

寻找舟的孩子

走了200米左右,他在一条巷口看见了一家鲜花店。他走进鲜花店,参照王先生的要求买下了一束玫瑰花。他刚回到小区大门口,就接到王先生的电话,说他媳妇已经回到家了。

他赶在王先生回家之前,将那束玫瑰花和惊喜送到了2单元601的徐女士手中。

他骑着电动车,像风一样穿行于大街小巷。

快到家的时候,他接到第一位徐女士的电话:"你好!你送错花了,我男朋友说没给我预订过花。你快回来取吧,应该是7单元的……"

他停下电动车,打断了她的话:"没关系,免费送你吧。再见。"

挂断电话之后,他走进路边的一家花店,准备给女朋友也买一朵玫瑰。

 像海豚一样美

她喜欢海豚,由衷地喜欢。她每月都会和男友去海洋馆看一次海豚表演。

去海洋馆的路上交通很堵,每次还得换乘3趟车,可她一想到海豚可爱的样子,心里就觉得不累了。海豚在水池中游泳的姿势,优美而轻盈,让她好生羡慕。海豚的天籁之音,更让她百听不厌。

可是,最近因为工作太忙,周末还得加班,男友也出差在外,所以她已经好久没去看海豚了。

同事看着她疲倦的样子,就鼓动她一起去学游泳:"公司

旁边的地下室新开了一家游泳馆,最近在搞促销活动。咱一起去报名吧?"

她打电话给男友,男友表示支持,并安慰她说:"你不能去看海豚,就把自己想象成海豚吧,在水中自由遨游,让自己放松放松。"

于是,她开始学游泳,每天下班后学一个半小时。她学得很认真,不到一周时间,她就学会了仰泳。

游完泳回家的路上,她觉得身心放松,心情像海水一样蓝。

她尽情享受着游泳的乐趣。她每次游泳时,都会想起海洋馆里的那几只海豚,想起它们游弋、跳跃的样子。

3天后,她开始学花样游泳。花样游戏的动作有些难度,但姿势很美,尤其是从水里蹦跳出来的瞬间。她把自己想象成跳跃的海豚,表演着各种舞姿。她的泳姿越来越好,和她一起学游泳的同事羡慕她游得美,说她像个天使。她笑了笑,其实她更希望别人称她为"美丽的海豚"。

男友出差回来了,欣赏完她游泳的舞姿,一边鼓掌一边说:"真美,像海豚一样美。"她游到岸边,和男友紧紧地抱在了一起。

第二天是周六,男友陪她去了一趟海洋馆。看着久违的海豚表演,她一直笑个不停。她想象着自己就是一只海豚,和那几只海豚一起在水里游弋、舞蹈……

学习期满,她在游泳馆办了一张会员卡,不定期去游泳健身。有一天晚上,男友骑着自行车来游泳馆门口接她,看见她和一位老太太、小男孩并肩走了出来。那位老太太一路上拉着她的手,不停地道谢。

男友上前追问其故,老太太激动地说:"我的孙子刚学了几天游泳,还没完全学会,就自己偷偷游到深水区。他水性差,要不是这位姑娘刚才及时跳进水里,我的孙子就危险了……真是太感谢她了!"

寻找舟的孩子

"别客气,应该的。"男友搂着她的肩膀,开心地笑了。

男友的脑海还原了刚才的画面:她宛如游泳馆里的海豚,一个起跳,水池溅开几朵水花,像洁白的海浪……

回去的路上,她坐在自行车后座,头靠着男友的后背,闭眼享受着清爽的晚风。

他们来到一个喧闹的路口,路边摆着一排卖杂货的地摊。在不远处的拐角,一位衣衫破烂、头发蓬松的老头瘫坐在地上,跟前放着一个旧搪瓷缸。

路过老头身边时,她轻声喊道:"停一下。"说完,她跳下自行车,从裤兜里掏出几张纸币,弯腰放进了搪瓷缸里。

一旁的男友扶着自行车,轻柔地摸了一下她的长发。

回到住处后,他决定为她写点儿什么。沉思片刻后,他翻开日记本,微笑着写下了一个标题:像海豚一样美。

"竹客"罗师傅

罗师傅第一次来到村里,是在一个晚霞满天的黄昏。

罗师傅是一名竹匠,每年夏秋时节游走四方,挨家挨户寻觅竹编活儿,深秋来临之前再回到故乡,其身份类似于时下的"麦客"。老家人将这类游走他乡的竹匠师傅,称为"竹客"。罗师傅的行头很简单,一根竹扁担,扁担两头挑着两个竹筐,里面装着竹尺、斧头、木锯等工具。罗师傅第一次站在我家门口时,就是这般行头。罗师傅说明来意,询问是否有竹编活儿。站在屋檐下的母亲点头称是,父亲便将罗师傅迎进门。

当时我只有七八岁,眼前的罗师傅个头很高,驼着背,一头银发，一副清瘦的书生样，与竹匠的身份不太相符。罗师傅虽然其貌不扬，但手艺精巧，声名远扬，附近几个村落大多是他的生意地盘。别的"竹客"干活图快，以求用最短的时间干最多的活儿，多赚几个工钱，罗师傅则不然，别人一天编织一个竹篓，罗师傅需要两天时间。罗师傅编织的家具手工精致，样式美观，自然深得大家的赞许。我曾问过罗师傅："你编出来的家具这么耐用，就不怕明年的活儿少了？"罗师傅爽朗地笑了，直率地说："出门在外，图的是个名声，名声好了，就不怕没活儿。"慢工出细活，经久耐用才是硬道理，这是罗师傅的原话。

我最敬佩罗师傅的，还是他的满腹经纶。罗师傅只念过5年书，15岁就拜村里的张师傅为师，四处游走，学徒时留心收集各地的奇闻轶事。这些奇闻轶事是绝妙的素材，经由罗师傅转述，极富传奇色彩。罗师傅的表情随故事情节的演变而变化，或淡定或惊恐，或喜悦或悲伤，语气也时高时低，抑扬顿挫。罗师傅头脑里藏着很多故事，有三国水浒，有木兰从军，也有民间传说。我尤为喜欢聊斋故事，每每听得入神，不禁为之一惊，直至临睡前仍浮想联翩，久不能寐，于是发誓再不听聊斋；次日傍晚，却又缠着罗师傅继续讲聊斋，死性不改。

我像罗师傅的尾巴似的，白天看他编织家具，晚上则津津有味地听他讲故事。每天晚饭过后，我端着一个小竹凳，正襟危坐在罗师傅跟前，听他声情并茂的讲述，是我小时候的一大美事，也让我还没进学堂就接受了良好的文学熏陶。上了小学以后，我和罗师傅相处的时间少了，但一有空，我就仍然缠着他讲新鲜的故事，他欣然答应，从不厌烦。

罗师傅从不轻易向生人谈论自己的家事，对我的家人是个例外。他经常说起他家的新动态，比如儿子生了个孙子，女儿和邻居闹纠纷了。罗师傅不定期会告假半天，去一趟八里地外

寻找舟的孩子

的镇邮局，给家里捎去一封家书和刚赚的工钱。罗师傅单身多年，膝下有一儿一女，皆已成家。按照他的说法，心中了无牵挂，也就能够安心闯四方了。罗师傅一直是我家雇佣的竹客，彼此渐渐地成了好朋友。这种朋友关系一直维持到他结束四处游走的竹匠生活。

此后，我家先后请过几个"竹客"，但其手艺皆不如罗师傅精巧，彼此的关系也仅停留于雇佣关系。后来，人们大多愿意去镇上购买成品的新家具，"竹客"这种职业也就逐渐没落了。

每年夏秋时节，我时常还会想起罗师傅的音容笑貌，想起他讲述的那些奇闻轶事。至今，我仍记得罗师傅讲的一次真实的奇遇。一天夜里，罗师傅独自走在一条羊肠小道上，忽见前面的路口闪烁着一点光亮，忽明忽暗，像一团红白相间的火焰。周围静悄悄的，除了他的脚步声，没有任何动静。他不禁放慢了脚步，向那点光亮靠近。还剩四五步的时候，光亮突然移动，沿着路边的一条延伸至山顶的小路逃匿，顷刻间消失于山头。周师傅走进一看，光亮刚才停留的地方只有一棵小树，周围是一丛荆棘。

其实，罗师傅也是一点"光亮"，与聊斋鬼怪无关。罗师傅告老还乡之后，我再也没有他的消息。直到今年春天，村里的大伯去罗师傅老家走访亲戚，无意间见到了在门前晒太阳的罗师傅。他拄着拐杖，颤巍巍地将大伯迎进两层高的新楼房，两人对酒忆往事。罗师傅没有了竹匠手艺的继承人，自己也双手发颤，只能独自把玩一些小竹筐、小竹篮，或者给孙子编织一些竹制的小玩具。据说罗师傅还谈论起我，一再询问我的近况……

感慨一番之后，我的鼻子不禁一阵酸楚。

流行疾病

一天凌晨，他如往常一样按掉了闹钟，发现左脚直发颤。他勉强从床上爬了起来，准备按时去上班。

银行那笔巨额房贷，让他不得不坚持每周工作7天。他挪到窗台往窗外看，顿时觉得目眩。闭目养神片刻，他拎着公文包走出了门口。

他走进了电梯，电梯一启动，他感到头晕，接着眼前一黑。他蹲在了电梯里……

更糟糕的是，他发现自己不敢走斑马线，不敢过天桥。他不得不掏出手机，请了一天假。折身回到楼层电梯门口，他却始终不敢迈进电梯。

女友闻讯赶来，扶着他回到了卧室。女友亲了一下他的额头，让他躺下来休息。他躺在床上，额头发烫，右脚也开始颤抖。两只脚像小孩哭泣的肩膀。

女友转过身，脸上流淌着泪水。她心里很清楚，Q国最近蔓延着一种罕见的流行疾病，尚无定论，无有效的治疗药物，死亡人数与日俱增。他的病症与这种流行病完全吻合。

他服用了新研发的退烧药。第二天，他的烧退了，浑身却颤抖不已。他不敢下地，不敢看窗外，更不敢下楼。他整天蜷缩在床上。

这天傍晚，女友用黑布蒙住他的双眼，哄小孩似的把他背了起来，然后一步步地背他下楼。他感觉到女友身上的汗味，咬牙抽泣着。

他被送到一个地下室单间。这是一栋标准化的地下公寓，共4层，每层都有一个便民大超市。他住的是最底层，配有一

寻找舟的孩子

个电梯。

女友留下一包药,和他道了别。之后,她再也没有回来。更糟糕的是,他被告知失业了。他焦虑不安了好几天。

遵照医嘱,他每天早晚服一次药。他的病情稍有好转,已经敢下地走路了。

这天,他佝偻着腰,通过QQ和心理医生米琪聊天。

"病情怎样了?"米琪问道。

"可以安心上床睡觉了。地下室就是有安全感,踏实。我昨晚梦见一个精灵随着雪花降落在我身边,带我来到一个宽敞的房间。她说那是地下19层909室,只要我能找到那个房间,我的病就会好起来。"

"Q国没有19层的地下室。"米琪劝慰道,"修炼武功靠的是心力、意志,养病也是如此。你应该打消这个念头。你要学会积极向上,做点儿积极的事情,比如,养一盆向日葵。"

"这里的超市什么都有,就是不出售向日葵。这里也没有阳光,向日葵是养不活的。"

"你可以试试,说不定你那里的超市有向日葵,说不定奇迹就会出现。"米琪发过来一个微笑的表情,接着说,"今天的聊天就到这里,我得出门办点儿事。再聊。"

第二天,他果真从超市买到了一株向日葵。超市老板说,这株向日葵是她刚从地面捎下来的。

几天下来,向日葵不但没有见长,反而有些发蔫。这天深夜,他把它扔在墙角,然后上床睡觉。

临睡前,他拨打了女友的手机。还是关机。

黎明时醒来,他发现身边站着一位白衣天使。天使头上罩着白纱,手中捧着一盆向日葵,身边飞舞着一群白蝴蝶。一只蝴蝶在他头顶飞了一圈,然后跟着天使,飞出了虚掩的房门。他下意识地尾随天使和蝴蝶来到电梯门口。蝴蝶用翅膀点了一下电梯的数字键按钮。电梯开了,他跟着进了电梯……

他来到了地面,地上铺满了雪花,很厚。广场上堆着两个雪人,戴着红围巾。天使把向日葵放在广场中央,然后消失在一个拐角。那只蝴蝶在雪花中飞舞了片刻,也消失于白茫茫的天际。他伸出双手接住了几片雪花,深呼吸,脸上泛起了笑容。少顷,他捧起那盆向日葵,走向地下室电梯……

"在线吗?告诉你一个好消息,我敢坐电梯了!"他迫不及待地给米琪发信息。

过了一会儿,米琪上线了。米琪说:"恭喜你!说来听听。"

他如实告诉了米琪。他还告诉她,为了确认自己敢坐电梯,他还特意做了两次电梯,每次上下电梯都不再恐惧。

"我昨天参加了一个跨国医学研讨会,原来全球有很多和你一样的患者。这种病已经有了定论,其全称是'非典型城市住房恐高综合征',病因是过多的住房压力导致人体细胞突变,其治疗药品就要上市了。等一下,我接个电话。"

听到这个消息,他兴奋不已。他又拨打了一次女友的手机。这次不是关机,而是手机正在通话中。

他在房间里走来走去,像一只热锅上的蚂蚁。

过了不到5分钟,有人敲响了他的房门。一头短发、一身白裙的她站在门口,笑靥如花。

"我就是米琪。"

"你?"他一脸惊讶地愣在门口。

更令他惊喜的是,女友随即从米琪身后走了出来……

原来,米琪是这层超市的老板,也是一名业余而专业的医生。女友得知米琪在精神医学方面颇有造诣,就暗地里和米琪商定了一个治疗计划。刚才和米琪通完电话,住在附近的女友就马不停蹄地赶了过来。

"可是,我还有一点不明白,那位白衣天使是谁?确有其人?"

寻找舟的孩子

"怎么说呢?"女友莞尔一笑,说,"米琪医生趁你入睡,悄悄注入了一种药剂,让你产生亦真亦幻的意识。向日葵是真实的,白蝴蝶是虚幻的……而这种药剂的作用,只有两分钟。"

"也就是说,我后来那两次坐电梯时,药剂已经失效,那时候我的意识是清醒的?"

"对!这说明你战胜了自己!米琪之所以不让我来看望你,就是希望依靠你自己的心智战胜病魔。亲爱的,你的病就要康复了!"女友紧搂着他的脖子,声泪俱下。

他轻轻地推开女友,紧握着米琪的手,连声说:"谢谢你,米琪!"

米琪笑了笑,幽默地说:"我不太情愿接受这种感谢,因为,我又要'下岗'了……"

哦,三秀

一

王其塘是一个偏僻的小山村,像一位深山隐者,几乎无人知晓。在这个20户人家不到的小山村,有一个名叫朱三秀的女人。朱三秀是村里最后一位童养媳,她的老家距离王其塘村30多里路。朱三秀的母亲是个高产女人,在她之前已生了两个女儿。她的母亲一直没有生下男丁,一直被族人瞧不起,于是每天求神拜佛,祷告上天让她早日抬头做人。后来,她终于产下一子,扬眉吐气。第二年春天,朱三秀就以童养媳的身份落户王其塘村。

18岁那年，朱三秀正式结婚成家，膝下一儿一女；另产下一儿三女，皆因病夭折。

这件事是余三秀告诉我的。当年，王其塘村口有户刘家，财运亨通，但人丁不兴旺，只有两个儿子，未得一女。偏偏女主人喜欢女孩，自从生下老二以后便未能怀孕。恰逢邻村一媒婆游说到刘家，说起朱三秀的身世，女主人当即就答应择日和朱三秀的家人面谈。5日后，这门婚事就敲定了，以100斤粮食、50匹布料将朱三秀许配给了刘家老二。

余三秀就是刘家的女主人，是村里最后一个小脚女人。余三秀出生于家规森严的大户人家，在村里年龄最长，之前的几个小脚女人已先于她离开了人世。余三秀离开人世时，享年85岁。

二

朱三秀是我的母亲。

余三秀是我的奶奶。

母亲告诉我，她当年嫁到我家时还不满4岁。我的奶奶第一眼就喜欢上母亲，便让母亲和她同名，婆媳俩都叫"三秀"，这在当时是绝无仅有的。

母亲后来回忆道："我并不记恨我妈，当时家里穷，养不起这么多孩子，把我当童养媳送人是没办法的办法。"这是母亲的原话。童养媳是那个贫穷年代的产物，并不稀奇。母亲并不知晓"产物"这词的含义，她一辈子没进过校门，但每次说起自己的身世，都持有宿命的观念。

奶奶一直把母亲当干女儿看待。母亲的童年并不痛苦，尽管每天要干不少活儿，但一日三餐有饭吃，有穿有住，在当时已经算是不错的日子。9岁之前，母亲每晚都睡在奶奶身边。

寻找舟的孩子

按照村里的规矩,小孩最迟10岁就得独居一室,女孩更是如此。女孩独居的卧室,日后就成了闺房。那年春天,奶奶腾出一间朝南的宽敞的卧室,让母亲搬了进去。我就是在这间卧室出生的,在一个秋高气爽的9月。

母亲和父亲从小就是好伙伴,可谓青梅竹马。父亲排行老二,从小身体羸弱,很少干活。即使干活,也是干一些诸如放牛、挑水的轻活。其实,即使是这类轻活,只要母亲有空,就会从父亲手头抢过来,父亲只有跟在母亲身边转悠的份儿。有好吃的东西,母亲从来不吃独食,总会给父亲留一些。母亲懂事早,从小就明白自己是童养媳的身份,和父亲的关系自然就倍加亲密。但我并不是未婚先孕的产物,母亲没和父亲结婚之前,一直都是纯洁之身。

我是奶奶最小的孙子,更重要的是,我是母亲唯一的儿子,因而从小被大人宠爱。母亲时常回忆道:"生下你那天,家里放了两挂长长的鞭炮,鞭炮响了十几分钟,你奶奶也笑了十几分钟。你奶奶把你当心肝宝贝,你周岁之后,就经常跟着你奶奶睡,连我这个当妈的都很少能陪你睡一张床,除非你闹得凶,你奶奶才肯把你还给我。你奶奶对我们一家子都很好,经常照顾我们,你长大后一直要好好孝敬她。"

按照村里的风俗,母亲和父亲成家后就得分家过日子,也就是说,母亲和奶奶不再是从前意义上的一家人。伯父是家里的长兄,伯父成家后,家里的主心骨不再是奶奶,话语权和决定权逐渐转交给了伯父。而事实上,真正的主人是幕后的伯母。当年召开分家会议时,我们一家子只分得两间卧室、一台缝纫机、几亩田、一头牛和一套耕具,大部分家产都分给了伯父家。

母亲是个明白人,自然知道这是伯母的意思。母亲不干了,笑了笑,对伯父、伯母说:"哥哥、嫂嫂,我从小就在这个家长大,上山下田,什么活儿都干过,没有功劳,也有苦劳吧。我觉得这家分得有点儿不公平。"母亲这是先礼后兵，摆事实，讲道理。

伯父没吱声，埋头抽着烟卷。

伯母终于发话了："怎么不公平了？你从小吃我们的，穿我们的，我们一把屎一把尿地把你养大，你感恩道谢还来不及呢，如今却觉得不公平了，你拍拍自己的良心，怎么不公平了？"

母亲以笑相对，转头问伯父："哥哥，你表个态吧。"

伯父还是没言语，瞅了一眼对面的爷爷奶奶。

爷爷是个吃斋念经之人，早就不操心家里的大小事务。奶奶思量许久，抬头冲伯父说道："老大，当哥的就该有个哥哥的样子，你们成家早，家底厚，日子过得一直红火。老二呢，刚成家，三秀娘家那边也帮不上忙，日后这家全靠他们两口子了，所以，我觉得分家应该适当照顾老二一家子，再分给他们一台电视机、200斤粮食吧，钱多少也要分点儿……"

伯母欲再言语，见伯父瞪眼，只好愤愤离去，甩下一句"装可怜的童养媳"。

父亲后来告诉我，母亲当晚哭了大半宿，眼睛都哭肿了。

分家后，母亲没日没夜地干活，一人干两个女人的活儿。第二年秋天，父亲在村委会学校当起了民办教师，家里的活儿也就几乎由母亲一人承担。父亲工资不高，但工作体面，母亲没上过学，内心敬重有文化的人，所以母亲非常支持父亲，希望父亲能教出一批批人才。几年下来，两人同甘共苦，齐心协力，日子过得越来越红火，一点儿也不比伯父家差。

父亲时常对我说："咱们这个家，全靠你妈挑大梁。这些年，她不容易，很不容易啊……"

寻找舟的孩子

三

我小时候经常守在奶奶身边,听奶奶讲各种稀奇古怪的故事。

奶奶经常在我面前夸我的母亲:贤惠能干,肯吃苦,热心肠,是村里公认的能人、善人。奶奶告诉我,村里人还给母亲取了一个外号——新娘子。我第一次从奶奶口中听说"新娘子"这个名字,觉得稀奇有趣,便缠着奶奶给我讲"新娘子"的故事。奶奶没答应,让我自己去问母亲。

当晚,我向母亲追问"新娘子"的来历,母亲摸着我的头说:"没什么可说的。乖,早点儿睡,明天还要早起上学。"

我不依不饶,一旁批改作业的父亲扭头说道:"因为你妈长得好看,像新娘子一样。"

"别听你爹瞎说。"母亲微微一笑,给我盖好被子。

父亲起身坐到我的床前,跟我讲起母亲当年的那场婚礼。

母亲的婚礼是在正月举行的,空前热闹。倒不是婚礼的场面多么隆重奢华,而是参加婚礼的人数出奇的多。在当时那个年代,村里谁家举办婚礼,只给本姓族人发喜帖,外姓人自愿赴宴。父母亲结婚那天,刘姓族人都来了,而且村里的外姓人也都不请自来,远远超出了奶奶的预算,以至于到了开饭时间,有些客人都没位子入席。没位子不要紧,站着吃也行,大家就是图个喜庆,图个高兴。看来母亲不愧是公认的善人,人缘极好。奶奶格外高兴,赶紧临时安排人到镇上去请何师傅晚上来村里放一场露天电影。放电影在当时是时髦的节目,这在王其塘村没有先例。当晚,村里老少围坐在我家门前的空地上,一边观看《闪闪的红星》,一边交头接耳,大饱眼福。唯独伯母坐在屋檐下闷闷不乐,为自己结婚时没有享受这样的待遇而愤愤不平。第二天，有人拿母亲开玩笑："新娘子，什么时候再结一次婚，再让我们看一场电影？"从此，新娘子这个外号就流传开来。

母亲后来坦言，她非常感谢奶奶包办了这场露天电影，这场婚礼，她将永生难忘。

我上初三那年，奶奶突然病倒了，高烧不退，身子非常虚弱。那一年，奶奶80岁，而爷爷已去世3年。为治好奶奶的病，母亲到处寻医，中医、西医样样试过，还时常一大早去当地有名的寺庙、道观祷告。一个周六的清晨，天刚亮，我就听见母亲出了门。那天雾气很大，母亲去拜访一位名医的山路上摔了一跤，右脚踝扭伤，却毅然前行，忍痛为奶奶带回来几服中药，然后急忙烧火熬药。

临近奶奶八十大寿，奶奶的病情有了好转，脸上容光焕发。在母亲的提议下，家人为奶奶张罗了一次寿宴，远近的亲戚客人如约而至，格外热闹喜气。当天午饭过后，客人陆续散席，母亲突然倒在厨房里，蜷缩在地上，抱着肚子呻吟着，满头大汗。父亲慌了神，赶紧把母亲扶到床上，喂母亲服下了几片胃药，可是，母亲的疼痛并未消减，脸色苍白，铁青的嘴唇咬出了血丝。正巧有一位亲戚是医生，得知母亲有慢性胃炎，见状后叫人马上送母亲去医院："赶紧，可能是胃出血或胃穿孔……赶紧，晚了就有生命危险！"

确实是胃穿孔。抢救了两个多小时，母亲终于脱离了生命危险。

母亲清醒后对我说的第一句话是："我以为就这么走了……你奶奶的寿宴喜事，被我这病给搅乱了，我心里过意不去啊……"

母亲出院时，奶奶的身体硬朗了很多。刚回来那几天，奶奶杀鸡宰鹅，变着花样给母亲滋补身子。母亲喝着奶奶熬的鸡汤，眼泪簌簌地往鸡汤里掉。

四

4年后,我考上了一所重点大学,成为村里第一个大学生。母亲高兴得一宿没睡好。母亲捧着录取通知书,兴奋地对我说:"这是天大的喜事,喜事冲晦气,你奶奶的病一定会好起来。"

这期间,奶奶又病倒了,而且这次病得更严重。奶奶整天躺在床上,进食量骤减,大小便失禁,还不时说梦话。母亲经常陪在奶奶身边,喂她喝粥,替她更衣、洗涮。每天晚上最后一个入睡的人,必定是母亲。

依算卦人的说法,奶奶这次凶多吉少,因为阴间的爷爷召唤奶奶去陪他。母亲买回来一堆纸钱,还有纸电视、纸沙发、纸冰箱等各种各样的祭品。傍晚时分,母亲和伯母蹲在村口的岔路口,一边烧纸钱、祭品,一边和另一个世界的爷爷"对话",恳求爷爷让奶奶再活几年。

接下来几天,奶奶的病情未见好转。就在全家近乎绝望的时候,奶奶忽然精神了许多,虽然仍然卧床不起,但已经逃离了生死线。

清醒过来的奶奶倚坐在床头,骨瘦如柴的双手紧握着我的右手,咧嘴笑着对我说:"好孩子,你给咱刘家长志气了。奶奶替你高兴,高兴……从今往后好好念书,给刘家争光,给你妈争光……"

站在一旁的母亲喜极而泣,偷偷地抹眼泪。我第一次相信喜事能冲晦气的说法。

可是,第二年正月十四的子夜时分,奶奶终究还是去陪爷爷了,享年85岁。那时候,我正坐在北上的火车上。第二天,就是学校新学期报到的日子。

听闻噩耗,我不禁想起多年前母亲对我说的那番话:

"你奶奶对我们一家子都很好,经常照顾我们,你长大后一直要好好孝敬她……"

而此刻,我竟与奶奶阴阳相隔,还没来得及孝敬她。

丧礼上,母亲哭得像个泪人。

第二天,母亲胃病复发,一连休养了好几天。父亲告诉我,奶奶的去世对母亲打击很大。即使是去年我的外婆去世时,母亲也没像这般呼天抢地地哭喊。

奶奶生前穿的小鞋都是找鞋匠专门定做的。整理奶奶遗物时,母亲特意把奶奶的小鞋珍藏起来,当作一生的念想。当地人都认为收藏死者的遗物很忌讳,但母亲置之不顾,不时拿出小鞋端详一番,追忆良久。

五

奶奶并未离开我们。

奶奶的墓地就在我家门口斜对面的山脚下。每天清晨一推开家门,奶奶的墓地就映入眼帘。每天清晨和黄昏看一眼奶奶的墓地,已成为母亲的习惯。日有所思,夜有所梦,母亲经常梦见奶奶。梦中的奶奶亲切和善,一点儿也不像别人梦中的鬼魂那般可怖。

这些年,母亲的老胃病再未犯过。一天乘凉时谈论起母亲的身体,父亲对我说:"这是你奶奶在天上保佑全家人安康,你妈心善,善人有善报,自然就没有毛病了。"

母亲连连点头,感激地凝望着奶奶的墓地。

大学毕业后,我在 B 城一家报社找了一份不错的工作。两年后,我和一位同城女孩开始交往,彼此情投意合。交往了一

寻找舟的孩子

年多,我们决定择期结婚。

母亲得知这个喜讯,在电话那头激动得连声叫好。当我告知女方家的结婚条件——在B城买一套婚房,母亲突然沉默了。

我手头的积蓄不多,而B城的高房价在全国是出了名的。如果没有雄厚的家底和高额的收入,对于"80后"打工仔来说,在B城购买一套新房可谓天方夜谭;一旦好不容易买了房子,则成了房奴、啃老族,大半辈子为房而生。我不想成为啃老族,却又不想放弃这份感情。

一周后,母亲在电话里告诉我,家里存折上有几万块钱,家人正七拼八凑地为我筹钱。我不忍心要母亲的血汗钱,当即让母亲先别折腾,我会自己想办法。

母亲打断我的话,生气地说:"结婚不是你一个人的事,是全家人的大事。无论如何,我都会帮你把媳妇娶进门!"母亲的语气强硬得不容商量。

事后,我从父亲口中得知,母亲之所以这么操心我的这门婚事,是因为她内心一直忘不了童养媳这个心病,母亲希望她的儿子能拥有自由美满的爱情,拥有一个幸福的家庭。

我最终把女友娶进了家门。女友说服了她的家人,同意婚房日后再买。母亲第一次见女友时,特意打扮了一番,早早地在村口等候。见女友娇小可爱、知书达理,母亲悄悄地凑在我耳边说:"这女孩不赖,有福气!"

为了筹备我的婚宴,母亲忙活了半个多月,消瘦了许多。母亲按照当地最高规格的婚礼,张罗了3辆小轿车去县城迎娶我的新娘。婚宴当天,鞭炮声声,高朋满座,一片喜庆。

当晚,母亲请镇上何师傅的儿子来村里放映了一场露台电影。

之前,我曾否决母亲的这个提议:"现在每家每户都有DVD放映机,谁还爱看露天电影啊……"

"总会有人爱看的,"母亲打断我,正色道,"这场电影也是放给你奶奶看的,她能看到的。"说完,母亲扭过头,遥望着家门口斜对面的山脚下。

我点了点头。

露天电影在老地方放映,繁星满天,观众却不多。年轻人大多围坐在屋里聊天、打牌,只有为数不多的老人和小孩在饶有兴趣地观看。自然,还有我的奶奶。

婚礼次日,母亲把我叫进她的卧室:"有件事,昨天没告诉你。"

"什么事?"我跟在母亲身后,追问道。

"昨天你爷爷奶奶回来过,"母亲打开衣柜,拿出奶奶穿过的小鞋,"昨天吃午饭时,我看见厅堂神龛那儿飞着两只蝴蝶。蝴蝶在香烛周围飞了好一会儿,然后围着屋子飞了一圈,最后一起飞走了。就在前一天晚上,我还梦见了你奶奶……那两只蝴蝶,肯定就是你的爷爷奶奶。"

我接过母亲手中的小鞋,一抬头,看见母亲眼里噙满了泪水。

第二辑

像海豚一样美

第三辑 **梦想的距离**

寻找舟的孩子

城里的鱼

　　王老汉坐在火车上，兴致勃勃地看着窗外掠过的夜景。哪怕是一盏普通的路灯，也能引起王老汉的注意力，从路灯进入视线开始，他的眼睛就跟着路灯往后跑，等路灯消失于车窗外，他又转头往前方看。

　　周围的旅客都趴在桌上或靠着座椅睡了，王老汉却没有一点儿睡意。他从右裤兜里掏出一个老旧的直板手机，又看了一遍儿子发来的短信："爸，火车不晚点的话，明天早上7点50分到站，你不要出站，我会提前在站台接你。"

　　这条短信，王老汉看了不下7遍。还是儿子体谅人啊，知道我第一次进城，大冷天的，这么早就来接站。王老汉美滋滋地想。他把手机塞回右裤兜，轻轻摸了摸裤兜，才放心地继续看窗外的风景。

　　第二天凌晨，王老汉准时和儿子碰头了。儿子接过父亲手中的两个蛇皮袋，领着父亲往出口走，边走边问："坐火车晕不晕？"

　　"不晕。"

　　"坐硬座不舒服吧？本来想买卧铺的……"

　　"舒服，有座哪能不舒服，比没座的强多了。"

　　两人一问一答，随着人流走出了车站。

　　王老汉第一次坐地铁，之后又转了两趟公交车，才跟着儿子回到了刚按揭的二手房。今天是周五，儿媳妇照常去上班了。儿子带着父亲参观了一遍这个两居室的房子，并教会他各种家具的使用方法。

　　房子在13层，王老汉来到阳台往下瞅，顿时觉得有点头晕。

儿子见状连忙把父亲拉到客厅的沙发上坐了下来："爸，忘了你有恐高症了，以后少来阳台转悠，没事就坐在客厅看看电视，或者到小区里走一走。"

"嗯，知道了，知道了。"王老汉点了点头。

当晚，儿媳妇领着一家人在小区附近的饭馆吃了一顿火锅，花了近200块钱。回家的路上，王老汉低声对儿子说："晚上吃饭花大钱了，以后咱就在家吃吧。"

儿子点头说道："爸，没事，难得你来一趟。明后天我带你在城里到处转转，看看新鲜。"

第二天刚转了半天，王老汉就觉得有点儿累了，一个劲儿地说想回家休息。儿子只好同意了。

王老汉不想再出门转悠了，只想待在家里。他和儿子去楼下的小区转过两次，但和人搭不上话，因为他不会说普通话，不想在陌生人面前献丑。

儿子、儿媳妇都不在家的时候，他只好一个人待在家里。看了一会儿电视，他就觉得没意思了，于是拿起儿子买的历史书看了几页，看着看着就犯困了。

一天晚上，王老汉私下悄声对儿子说："家里太冷清了，闲得慌，给我找点事儿干吧。"

儿子把父亲的这个想法告诉了儿媳妇，俩人都犯难了：家里没什么活儿可干啊，而且父亲对家里的东西都不太熟悉。商量了半天，他们终于想到了一个差事，让父亲负责喂养阳台的两条红金鱼。

父亲听到这个想法，脸上露出了久违的笑容，连声说道："养鱼我在行，我在老家就养了一池塘的鱼。"

"是是是，我都差点忘了咱爸是养鱼高手。"儿子长舒了一口气。

那两条金鱼成了王老汉眼中的心肝宝贝。他时不时地走到

寻找舟的孩子

鱼缸跟前，瞅上几分钟。他每天都要给金鱼换一次水，儿媳妇说两三天换一次水就行，他听了这话，憨笑道："多换换水，水质才能好，鱼才游得欢儿。"

可是，到了第五天，其中一条金鱼死了，肚子鼓鼓的。儿媳妇看了一眼鱼的大肚子，问道："爸，你是不是每天都给鱼喂食啊？"

"是，怎么了？"王老汉像个犯错的学生，轻声问道。

"你每天喂几次？每次喂多少？"

"每天喂3次，每次喂一小把。"王老汉的声音更低了。

儿子连忙走了过来。儿媳妇扭头对他说："鱼是被撑死的！"

"撑死的？"王老汉手捧着那条死鱼，解释道，"我是好心想让它吃饱一点儿，快点儿长大……"

儿媳妇生气地走进了卧室，关上了房门。儿子从父亲手中拿起那条死鱼，扔进了垃圾桶，安慰道："爸，没事，我回头再买一条金鱼就是了，没事。"

王老汉叹了一口气，对儿子说："你快进屋看看。"

没过多久，卧室里传来儿媳妇的抱怨声："那两条金鱼是咱结婚纪念日那天买的，本来好好的，现在死了一条，另一条估计也活不长了。"

"小声点儿，别让爸听见了……"儿子小声地劝慰道。

王老汉注视着垃圾桶里的死鱼，喃喃地说："城里的鱼怎么这么金贵呢？怎么就撑死了呢？"

果不其然，第二天晌午，另一条金鱼也死了。

王老汉心里慌了，在客厅里来回走动。他忽然觉得自己也像困在水缸里的鱼，氧气严重不足。

思量许久，王老汉决定下楼一趟。他去小区附近的一家店里买了两条金鱼，然后去火车票代售点买了一张第二天回家的车票。

梦想的距离

他是一名物理学家,屡获殊荣。在一次电视采访中,谈到"梦想"这个话题时,他讲述了中学时代的一次亲身经历——

我从小的梦想就是长大后做一名优秀的物理学家。可是,有一次物理考试,我竟然破天荒地没有及格。

我垂头丧气地走进家门。这时,天已经黑了。母亲今天上夜班,昨天她感冒刚好。刚下班回来的父亲正在厨房里忙着做晚饭,见我进屋,连忙说道:"饭马上就好,今天有你爱吃的莲藕排骨汤,你先歇会儿……"一想到辛劳的父母,我的鼻子一阵酸楚。

不一会儿,桌上已摆满了丰盛的饭菜。父亲和我相对而坐,一边吃饭,一边看体育新闻。父亲和我都喜欢篮球,我们经常一起谈论NBA的最新赛况。可是,此时的我对电视里的NBA消息毫无兴趣,只顾着埋头吃饭,沉默不语。

父亲看出了我的异常,询问原因,我抬头看了父亲一眼,将物理考试不及格的消息如实相告。出乎意料的是,父亲并没有责怪我,而是放下手中的筷子,跟我说起了华裔球员林书豪的成长故事。

林书豪出生于美国,童年时期就酷爱篮球,从小的梦想就是在NBA的舞台上大放光彩。为了这个梦想,他刻苦训练,连吃饭时都会手捧着篮球,不断提高自己的球技。在高中和大学时期,林书豪练就了一身过硬的篮球本领。然而两年前,他在NBA选秀大会上落选了。可是,他并没有放弃自己的梦想,而是重新振作起来。终于,凭借着在尼克斯队的优异表现,林书豪成了家喻户晓的NBA明星。

寻找舟的孩子

讲完林书豪的成功经历后,父亲拍了拍我的肩膀,笑着说:"追求梦想的过程中难免会有失败,一次失败算不了什么。只要你仍然坚持自己的梦想,不断努力,就一定会梦想成真的。"

我使劲点了点头。

晚饭后,父亲没有像往常那样监督我做作业,而是从电脑上找到了记录林书豪如何扬名NBA的视频。林书豪的身材显得有些瘦小,他的球技却是那么高超,简直有如神助。当然,我深知他的成功并不是靠上天神灵的眷顾,而是靠他自身的努力与付出,靠他对梦想的执着追求。

当晚,我在日记本的扉页上摘抄了一句箴言:"长风破浪会有时,直挂云帆济沧海"。

在父亲的建议下,我整理了一本物理错题集,把上次考试和平时练习中做错的题目摘抄下来,并找出做错的原因,归纳不同的解题方法。每天晚上的自习课,我都会坚持整理当天的错题、难题。

又要举行月考了,早上临出门前,父亲给我煮了一碗鸡蛋面,一边给我剥鸡蛋,一边叮嘱道:"考试的时候别着急,做题仔细一点儿,遇到拿不准的题目,就想一想错题集上的解题方法。"

"嗯,知道了。"我一边吃一边点头。

"我高三那年,平时考试的数学成绩一直是短板,可是高考的数学成绩全校第一,这可多亏了我平时攒的数学错题集啊。"父亲自豪地说。

月考成绩出来了,我的物理成绩直线上升,排在全班第二名。

父亲看着我的成绩单,会心地笑了……

采访的最后,他感慨地说:"当时望着父亲的笑容,我就在心里想:梦想的距离说远不远、说近不近,为梦想坚持一天,离梦想的彼岸也就近了一步。"

全场响起了一片热烈的掌声,经久不息。

梦境一种

阳台上养着两盆植物，一盆是富贵竹，另一盆是仙人球。那是邵兰的心爱之物，长势喜人。

前阵子，邵兰觉得生活有些索然寡味，每天下班回家后，感觉房间里空落落的，除了自己的呼吸之外，没有一丝生气。丈夫出差在外，一个月难得回家一次。邵兰独自守着刚刚按揭的两居室，心烦多梦，于是萌生了养些植物的念头，以求静心养性。

第二天下班回家的路上，邵兰爽快地买下了一盆富贵竹，正欲结账，忽然觉得好事成双，于是又买了一盆仙人球。此后的每天早晚，邵兰都会细心侍弄阳台上的这两盆植物，然后静默地端详几分钟，俨然在照料两位刚出生不久的婴儿。可是，邵兰这些天仍然睡得不踏实，梦魇还是纠缠她的神经。

这天晚上，同城好友在电话中劝慰邵兰："你现在最需要的是调节身心，放松自己，多出门透透空气，多和朋友交流沟通，别整天宅在家里。一个人整天面对冷冰冰的围墙，不出问题才怪哪……"

邵兰采纳了好友的建议，开始养成在社区里散步的习惯，主动与人搭讪、闲聊。几天下来，邵兰的睡眠质量好了不少。

好景不长，老家传来一个坏消息：母亲病重，盼女速归。邵兰马不停蹄地赶回老家，在医院悉心照料满头银发的母亲。为了在城里按揭买房，母亲掏出了全部的积蓄，平日里省吃俭用。一想到这一点，邵兰就为自己成为"啃老族"而愧疚不已。

一周后，母亲健康出院，邵兰终于长舒了一口气。

邵兰重新回到城里，因为请假耽误了不少工作，不得不经常加班，很晚才回到家里。丈夫已出差半个月，归期待定。每

寻找舟的孩子

天一躺到床上，邵兰倒头就睡，睡得却不踏实，还是经常做梦。

这些天，阳台上的富贵竹黯然失色，叶子已经泛黄。邵兰看在眼里，却无心再像以前那样悉心照料，后来索性任其自生自灭。

清明将近，邵兰经常梦见一片松树林，梦见自己在松树林里乱跑，时而向东，时而向西，不时被什么东西绊倒，摔得膝盖血迹斑斑。她隐约觉得自己在梦中寻找什么，却不知具体为何物。

邵兰病倒了，高烧不退，好在丈夫终于出差回来。邵兰舍不得花大钱去医院输液，只是买回来一堆中成药，请了几天假在家休养。

丈夫熬了一锅鸡汤，一边喂一边问道："有什么想吃的尽管说，我要好好补偿你，好好补偿……"

邵兰望着眼圈发黑的丈夫，笑了笑，劝慰道："我什么也不想吃。你出差也累，自己好好休息休息。"

"那你这几天有什么打算？有什么让我去做的？"丈夫怜爱地说。

"帮我给富贵竹浇点水吧……"邵兰望了一眼阳台上的那盆富贵竹，然后扭头说道，"还有一件事，我想让你抽空陪我回南方老家一趟，好些年没回家给咱爸扫墓了。"

见丈夫点头应许。邵兰眼中的泪水滑落下来。

站在父亲的墓碑前，望着周围的那片松树林，邵兰终于明白自己在梦中所寻找的东西了……

扫墓回来的路上，邵兰跟丈夫商量道："咱把妈接到城里住一阵子吧，好吗？"

"好的。"丈夫点了点头，一脸笑意。

当天夜里，邵兰躺在丈夫的怀里，踏踏实实地睡了一个好觉……

我的鱼儿去哪儿了

睡觉前,鱼还在鱼缸里;睡了一觉,鱼不见了……我的鱼哪儿去了?这是一位"90后"女孩的QQ签名。

这位"90后"女孩名叫辰,刚来单位实习,在前台坐班。我和辰并不太熟,碰面了只是彼此点头示好。这天午休,我看见辰QQ上的这句签名,觉得颇有意思。一时好奇,我探问其原委,辰便娓娓道来。

上个周末,辰戴着耳机躺在床上看小说,不时瞅一眼鱼缸里的小金鱼。这条小金鱼是她从早市上买回来的,全身粉红,眼睛又黑又圆,非常讨人喜欢。辰管它叫晶晶,每天如小妹妹般细心照料它。辰不爱逛街,不喜热闹,经常待在家里陪着晶晶看书、听歌。那天,她一边听着张雨生的《一天到晚游泳的鱼》,一边不时冲晶晶微笑。晶晶在鱼缸里游来游去,像个乖小孩。小说是意识流风格的,看着看着,辰不觉间睡着了。醒来的时候,地板上已洒满了夕阳的余晖,小说掉在了地板上,一抬头,辰便发现鱼缸里的鱼不见了。

"这是真事,"辰强调道,"我把卧室的每个角落都找了一遍,始终没有找到,真是天大的怪事。"辰发来一个难过的表情。

"你家或者邻居家养猫了吗?"我问道。

"没有。附近几家都没养猫,猫从来没在我家出现过。"

"那就怪了。"我想了想,又问道,"你把鱼缸放在哪里?"

"鱼缸放在窗台上。窗台背后是一片空地,墙角下有一小块草坪。草坪里我也找过了,没有……你说我的晶晶能去哪儿呢?"

我无言以对。

我点开了一个名叫"网络桃花源"的QQ群。"网络桃花源"

寻找舟的孩子

汇集了一批全国各地的网友,供大家倾诉各种喜怒哀乐,减减压。我将这奇闻转述给群里的网友,一时引起无数热议,众说纷纭。

有的认为鱼自己蹦出窗外,正巧被一只路过的猫或狗吃了。我将这个说法转述给辰,辰回复道:"不可能,晶晶一直很乖。而且,鱼缸好好的,水也没洒,猫肯定没来过。"

有的认为鱼是被辰的家长弄走了。我又将这个说法转述给辰,辰回复道:"也不可能,爸妈知道我视晶晶如宝贝。家里就我一个孩子,爸妈最怕我孤单……"

有的认为辰有健忘症或者梦游症,兴许是辰自己把鱼怎么着了。这个说法,我没有转述给辰。

接下来,大家在群里畅谈陈年旧事,有人回忆起童年钓鱼、摸鱼的乐趣,或是浑水摸鱼的轶事,或是与鱼有关的趣事。不觉间,已经下午一点半了,群里的网友陆续告别,继续投入到下午的工作当中。临走前,几个网友感谢我提供了这么一个新奇的话题,让他们度过了一段快乐的午休时光。

群主特意给我发来一个握手的表情,然后感慨道:"奔波在这个北方的城市这么多年,都快忘记自己养过鱼这档子事了。谢谢你的这条鱼,让我在忙碌与麻木中重拾了一份快乐,追忆起那些美好的往事。"

应该感谢辰。

沉思良久,我终于知道怎么该回答辰的疑问了。

我给辰发送了一个微笑的表情,之后是简短的一句话:"一觉醒来,鱼并不是不见了,它还存在,兴许游进了你的梦里,变成了一条一天到晚游泳的快乐的鱼……"

围　墙

晴子是我的闺房密友。我们经常盘坐在沙发上，聊小时候的事情。

小时候，晴子的父亲开着大卡车跑长途货运，一个月难得回家一次。母亲在供销社上班，早出晚归，忙着做买卖。晴子是独生女，却天生像个假小子，整天和男孩子疯玩，傍晚回家经常是一身泥巴或几处伤疤。母亲出门前时常叮嘱晴子，在家老老实实待着，不许乱动家里的东西。晴子偏不，经常把衣柜里的衣服翻得七零八乱，然后又一件件叠好。

"知道我小时候为什么那么喜欢翻衣柜吗？"晴子笑着问我。

我摇了摇头。

"因为我经常能从衣服口袋里搜出零花钱，有时是5毛，多的时候是两块，最多的一次搜到了5块钱，然后第二天就买了一大堆零食，那些伙伴们跟在我的身后，围着我转。我一边吃一边分些零食给他们，可得意了。"晴子的脸上堆满了笑容，仍然像个天真烂漫的小女孩。

晴子的童年并不是一直这么阳光快乐。后来，村里的一个男孩在路边被大卡车轧死了，大人们一时惶恐不安。晴子是母亲的心头肉，母亲便把她反锁在家里，不让她出门疯玩。几个好伙伴就站在晴子家门口，隔着大铁门聊天，向晴子汇报今天村里发生的芝麻小事。伙伴们说得乏味了，便离她而去。晴子想过翻墙逃出去，但高高的围墙上满是玻璃渣子，她只好垂头丧气地进屋，打开那台老式黑白电视机。电视只有3个节目频道，刚看了两分钟，晴子便没了兴致。晴子于是绕着客厅转圈，转了两圈，又低头坐回到长凳上，晃着孤独的脚丫。晃着晃着，

寻找舟的孩子

晴子有点儿打瞌睡，便揉了揉眼睛，然后走进隔壁的卧室，又捣鼓那个大衣柜。

晴子在围墙里慢慢长大，不觉已到了上学的年纪。晴子并不喜欢上学，但一想到终于可以逃离这堵围墙，就兴奋地接过了父亲新买的书包。晴子每天一大早出门，傍晚才肯回家。上初中后，晴子的学习成绩一路高歌猛进，跃居班级前列。村里人见了都夸赞道，这妮子，以后是考大学的料儿。

18岁那年，上天给晴子带来一个噩耗——父亲被确诊得了脑瘤，半年后便撒手人寰。那一年，晴子变得安静、乖巧，整天待在家里，把院子收拾得干干净净的。

"你知道吗，我爸走的那年春天，院里的墙角长满了杂草，之前从来不这样的。院里长杂草说明阴气重，不吉利，我经常拔掉那些杂草，却总是拔不干净。"晴子抿了抿嘴唇，继续说，"当时，我心里有点害怕儿，担心我爸在那边过得不好，担心家里再出什么事。说实话，从那时候起，我就对这院子感情复杂，既留恋它，又想早点儿离开。"

晴子后来考上了当地的知名大学，再后来到外地读研深造。如今，她在一家报社上班，和我共租一套两居室。没过多久，晴子和一个南方小伙子恋爱了。

拥有一套属于自己的房子，是晴子多年的念想。热恋过后，这种感觉愈加强烈。晴子决定节约开支，少出门，少逛街，做一个地道的宅女。

最近，房租涨了三成，工资却不见涨，晴子的脾气变得越来越急躁。这天夜里，窗外飘着雪，晴子跟男朋友大吵了一架，男朋友一气之下摔门而出。我敲开了晴子的房门，看见晴子蹲在墙角抽泣。晴子扑到我怀里，哭诉道："颖，你知道吗，我爸病的那年，家里没钱，付不起昂贵的治疗费，从此钱就成了我的心病，可我仍然努力做一个不见钱眼开的人。我勉励自己，平平淡淡也是福。我找男朋友，不图其他，只是因为他的脸型像我爸，像我爸一样会疼人……可他今天竟然和朋友鬼混，大手大脚地花钱，还把我扔在这冷冰冰的屋子里。我最厌恶一个人孤零零待在房子里的感觉，就好比小时候讨厌锁在围墙里的心情一样……"

我把晴子搂在怀里，一时无语。

"身边的人都说'房子是人一生的围墙'，真的是这样吗？我能走出这道围墙吗？"晴子躺在我怀里，像个懵懂的小女孩。

暖 房

"智辉，我这边堵车了，晚点儿到。"

"不急。下车后 call 我，我来接你。"

"上周不是刚帮你搬完家吗，我记得路。一会儿联系。"阿辉便挂了电话。

阿辉是智辉大学时的上铺兄弟，畲族，民族舞跳得超炫。他还是当时全校闻名的民族诗人，如今在一家知名的网站做编辑。

这时，智辉又收到阿昊发来的短信："我下车了，到达指定地点，等你，望眼欲穿中……"

智辉回复了短信，披衣出门。

站台上，阿昊穿着一身商务休闲装，左顾右盼。智辉疾步迎上前，寒暄了几句，班长正巧挤下了89路公交车，于是三人同往。

三人刚进智辉的新居，阿辉就敲响了房门。

"人都到齐了？"班长扶了扶眼镜。

寻找舟的孩子

"还差阿鹏。"智辉打开了窗户,"好热,不好意思,没装空调。"

"咳,差点忘了,我正好带来了电风扇,快拆开。"智辉和阿昊利索地接好电源,拧开了风扇。"还是自动摇摆的,谢谢。"风一阵阵地吹过智辉的心田。

"兄弟之间,这话见外了啊。"

"智辉,这是我买的豆浆机。"班长也送上了暖房的礼物,"早上自己弄点儿豆浆喝,豆浆有营养,看你还这么瘦……"

智辉点了点头,一时不知道说什么好。

阿辉从包里掏出一个迷你笔记本,递了过去。"这是我用单位发的购物券买的,你凑合着用吧,平时可以用它写点东西,要多写,我们都等着看你的大作哪。"

"是是是。"宿舍里的几个人附和道。

智辉转身从小冰箱里拿出3瓶冰镇啤酒,拧开后倒满了4个玻璃酒杯。

"我们先喝点儿,边喝边等阿鹏。"智辉又往碟子里倒满了瓜子、花生等零食。

四人碰响了酒杯,一饮而尽。

"爽,冰镇啤酒就是爽!"班长放下酒杯,扭头问道,"阿辉,暖房这习俗古时候就有吧?这个问题应该难不倒你这个网络大编辑。"

"唐代就有。上周我做了一个专题,正好提到这个话题。"

"依据是什么?"阿昊边吃瓜子边问道,"现在什么都讲依据,是吧,班长?"

班长抓了一把瓜子,点头称是。

"纳兰性德在《渌水亭杂识》中提到:'今人有迁居或新筑室,朋侪醵金往贺曰暖房,盖自唐人已有之矣。'由此可见,唐代就有暖房一说了。"阿辉娓娓道来。

"还能背出来，牛！"阿昊敬了阿辉一杯，"牛诗人，给我们现场赋诗一首？"

"少恶心了。"阿辉这句经典语录，惹得宿舍几个人一阵哄笑。

"真的，诗人就是牛。"阿昊拍了拍大腿，回忆道，"想当初，中文系不少女生对你可是有那个意思哦，可惜你不领情，非得找个畲族的，要不我们早就有嫂子了。还有智辉，写了那么多校园爱情小说，就是对女生不开窍。哎，我要是有你们那水平，早就'妻妾成群'了……"

"少恶心了。"阿辉和智辉异口同声地回击道。

又是一阵笑声。

"哎，班长，《妻妾成群》是谁的小说来着？"阿昊问道。

"莫言，还是苏童？记不清了，现在工作那么忙，哪有时间看这玩意儿啊。"

"是。"阿昊感慨了一番，"不说这个了，跑题了，跑题了。来，再干一个。"

四个酒杯又碰在了一起。

宿舍的几个人好久不见，聊得热火朝天。平时大家都忙着打拼，加班的加班，出差的出差，各奔东西，难得今天都聚在一起侃大山。

"我们单位来了一个新同事，很像我们大学时的'班花'。"

"听说'班花'刚'结果'了，生了个小子……"

"天啊！她可是我大学时代的柏拉图女友。咳，还是要祝福她，来，为我们的'班花'干杯，为我们这群'剩男'干杯！"

"最近股票涨了，总算不赔钱了。"

"好事啊，比我强。来，咱俩干一个……"

宿舍几个人喝得尽兴，聊得也投机，其乐融融。

"好久不见小刘了。我听说他最近为婚房的事发愁，好不

寻找舟的孩子

容易排上一个号,首付又不够,正到处筹钱。"阿昊剥了一节花生,递给班长一粒,感慨道,"我倒是想帮帮他,毕竟同班4年,可是有心无力呀。年轻一代的理想,都被房子绑架了!"

"是啊。"阿辉附和道,"'80后'有几个自己买得起房啊?现在有些人的口号是'不买房,不买车,快乐至上',网上现在流行一个新族群,叫'零帕族',说的就是这类人。"

"我也听过'零帕族'。比如'生活零帕',也就是月光族。还有'精神零帕',他们的口号是,穷一点儿不怕,至少我什么'奴'都不是!"阿昊抬头作憧憬状,"'零帕族'的生活,多么令人向往啊。"

"阿鹏哪,怎么还没来?"班长岔开了话题,"智辉,打电话催催。"

智辉掏出手机,看到一条未读短消息,点开短信后念道:"我堵在四环了,堵得厉害。你们先开饭吧,不用等我。"

"咳!"阿昊放下手中的瓜子,"阿鹏这'房奴'当的,住六环那么远。班长,这叫脱离'组织'啊,今天这么重大的事情还迟到,回头得教育教育他。"

班长朝阿昊使了一个眼色,扭头问智辉:"走,我们现在去吃饭?"

"好。"

宿舍几个分成两排,走在狭窄的过道上。阿辉走在智辉身旁,轻声问道:"现在这房租多少钱?"

"每个月800块钱。你下个月也要搬家?"

"嗯。"阿辉叹了口气。

"你要搬家?"阿昊扭头说道,"那我们也给你暖暖房……"

走出半地下室,智辉抬头看了看天空,头顶的阳光有些刺眼。

贼

　　J国最近发生了一件怪事。街道巷尾都在谈论一个人——阿田。

　　阿田是个懒汉，个头矮，心眼多，整天无所事事。邻居大叔看着他长大，见他孤苦伶仃，就托人给他找了好几份差事。可他总是拈轻怕重，体力活儿嫌累，脑力活儿嫌烦，哪样都干不长久。邻居大叔不止一次感叹道："真是扶不起的阿斗啊。"

　　活着，就得吃饭。阿田一天到晚都为吃饭而发愁。平日里，好心的街坊邻居会给他一点儿剩菜剩饭，可时间一长，给的人就越来越少了。最令他憧憬的美事是有人办喜宴，那样他就可以蹭几顿饭，享受难得的美食。就冲这一点，阿田俨然一名情报侦探员，四处游走，谁家的大事小事都能探听一二。

　　这天晌午，同村的阿龙买回来10条大鲤鱼，暂时放养在门前的池塘里。阿田向人一打听，得知阿龙月底要操办喜宴，恰逢鲤鱼价格下跌，于是提前把鱼买回来了。池塘水不深，鲤鱼在水中自由游弋，红艳艳的。

　　次日清晨，阿龙池塘里的鲤鱼少了一条，只是阿龙没发现。第三天黄昏，阿龙路过池塘，才发现鲤鱼少了三条。大家回想起那天的情形，都怀疑阿田是贼。阿龙气冲冲地去找阿田理论，阿田却死不认账，声称自己再也没去过案发现场。口说无凭，死无对证，阿龙只好作罢。

　　当晚，阿田觉得浑身痒痒。第二天醒来一看，阿田发现自己的脸颊、额头长满了鱼鳞。他气急败坏地抓自己的脸，鲜血直流，鱼鳞却一片也没少。阿田只好向邻居大叔求助。邻居大叔见状差点晕过去，只呼："妖孽——妖孽——"

寻找舟的孩子

　　镇定之后，邻居大叔问道："这是怎么回事？难道你真的偷吃鲤鱼了？"

　　阿田抹着眼泪，点了点头。原来，村里好久没人办喜事了，阿田早就想开开荤，于是心生邪念，当晚就去池塘里偷鱼了……

　　邻居大叔听得直摇头，说道："别人家的鱼，你怎么能偷呢？你爸临终前，让我多关照你，可你现在竟然成了贼……唉，真是扶不起的阿斗啊。"

　　邻居大叔自掏腰包，四处求医。无奈阿田这病症，中药、西药都不管用。邻居大叔忽然想起一位精通医术的大师故友，于是不辞辛苦把大师请来。大师问清事情的始末之后，让阿田跪在面前，往他的脸上洒了几滴圣水，然后开了一个偏方。

　　阿田接过大师手中的偏方一看，顿时呆坐在地上。偏方上这样写着："子夜时分，取猫毛少许，蘸圣水贴于鱼鳞之上，半个时辰后揭之，鱼鳞连同猫毛皆除。"

　　邻居大叔取过偏方，看了一遍，追问道："大师，这是什么原理？"

　　"猫鱼相克，相克相生。偷鱼之过，唯有自省。"大师扭头对阿田补充道，"期间要一直默念'罪过，罪过'。切记，否则无效。"

　　阿田欲哭无泪，抬头问道："揭的时候会疼吗？"

　　大师语重心长地说："疼或不疼，如鱼饮水，冷暖自知。"

　　围观的人群交头接耳，久久不愿离去。

　　当晚，阿田的破宅里传来一阵凄厉的叫声。邻居大叔推门而入，发现阿田脸上的鱼鳞和猫毛果真不见了。

异乡人

七星递交辞职报告的时候，感觉心里的石头落了地。

和以往辞职的心情不同，这次是彻底的解脱。七星不必再像饥瘦的青蛙一样去跳槽，也不必再像蚂蚁一样蜗居于偏远的郊区。四年前，他大学本科毕业，信誓旦旦地来这里打拼，如今决定缴械回家。

回家之前，七星挑选了几个著名的旅游景点，决定尽情游玩一番。掐指一算，待了这么多年，他去过的景点竟然比自己的手指头还少。

第一个景点，七星一进门就连拍了好几张照片，不料挡住了游人的去路，被人骂了一句"没见过世面"，顿时兴致全无。他向路边的巡逻人员打听怎么去第二个景点，却被巡逻人员叫到一旁，要求出示身份证，还用异样的语气盘问了半天。他气急败坏地走开，决定取消剩下的旅游计划，早早地买好了回家的车票。

他第一次强烈地感觉自己是个异乡人。

踏上南下火车的那一刻，他的脑海里蹦出8个字：到此一游，两手空空。他惊叹于自己的灵光一现，自夸了一句"油菜花"，然后低头苦笑。

回到家后，七星决定承包村口的水库，养鱼养鸭。父亲坚决反对——前些年承包水库的老板都亏本了，巴不得扔掉这烫手的芋头，你倒好……养牛也比养鱼强，还是老老实实种地吧。

他没有听父亲的劝。村里人多地少，靠种地只能填饱肚子、混口饭吃。他不想当本分的农民，不想一生庸碌无为。他掏出这些年的积蓄，买了鱼苗，买了幼鸭，还在水库的堤坝上盖了

寻找舟的孩子

一间矮房子,每晚留守在水库边。

回家有些日子了,他发现自己的方言退步了许多,一些俚语俏话都说不太准。村里的年轻人大多出去打工了,只剩下一些老幼病残者。村里人不知道"钓鱼""鸭梨"这些都市流行语,而他对耕田种地也不在行。他不愿多和村里人说话,像一个独行侠。他时常独自划着一条小木船,停在水库中央,目送夕阳西下。

临近年关,打工的年轻人陆续回来。村里热闹了不少,年轻人爱凑在一起打扑克、码麻将,七星对这些却不感兴趣,没事的时候就闲坐在家里,偶尔和来访的亲戚聊上几句,总感觉话不投机半句多。他觉得自己与这个村庄越来越疏远。

正月十五一过,村里又只剩下一些老幼病残。到了春暖花开时,七星的心里有了盼头,因为鱼苗已经长大,马上就能上市了。这些日子,父亲偶尔也来堤坝上做伴,帮忙喂鱼、赶鸭。

这天清晨,电闪雷鸣,下起了滂沱大雨。雨下了一整天,加上之前一直是阴雨天,水库的水位直线上升。七星站在雨里,心急如焚。父亲曾告诉他,前年发了一场大水,水库泄洪了,鱼从水渠飞奔而下,老板损失惨重。

天已经黑了,雨还没有停的意思,父亲搂着七星的肩膀,暗自祈祷……

当天夜里,水库最终还是泄洪了。七星跪在堤坝上,跪在雨里,仰天长哭。

几天后,村长主持了一次村委会,讨论重新划分田地事宜。依据每户人丁增减、户口迁移等情况,村委会每隔5年对每户的田亩面积进行调整。七星考上大学那年,他的农村户口迁出了村里,成了城镇户口,如今自然没有了他的田地。

散会的时候,夜幕上挂着一轮弯月。七星仰头看了一眼,觉得自己成了名副其实的异乡人。

第二天一早,他收拾行李,从村子里消失了。

小小人

大鹏坐在末班车的最后一排,独自倚窗看着窗外的夜色。

窗外,一排排小平房在夜色中浮现,闪烁着点点灯光。大鹏的心里也亮着一盏灯。打拼了这么多年,大鹏终于攒够了买二手房的首付款,今天刚签完购房协议书。

以后,兴许就不会来这个破败的贫民窟了。大鹏长舒了一口气。下车后,大鹏找了一个路边的饭馆,给同城的小芳发了一条短信:"我马上就能拥有自己的房子了!"

小芳半天没回复。小芳是大鹏的高中同学,两人同桌三年,后来考入同一个城市的不同的大学。他们相恋了四年,大学一毕业,两人的恋情就宣告破裂。

大鹏拨打了小芳的电话,语音提示所拨打的号码是空号。

半个月后,大鹏搬进了面积不大的二手房,成了一名房奴。

这天周末,一觉到天亮。醒来时,大鹏抬眼一看,惊呼道:"天花板怎么变得这么大?难道……难道我在做梦?"

大鹏使劲揉了揉眼,低头发现床单也大得出奇,而自己的脚不到5厘米长。大鹏站了起来,自己的身高竟然不到10厘米。

"啊,我变成了小小人!"大鹏尖叫道。

没错,自己真的变成了小小人。以前只在童话中听说过小小人,如今却不得不接受这个残酷的现实。清醒后的大鹏有些六神无主,惊慌失措地在床上走来走去。

他看了看床头的闹钟,出门上班的时间到了。他决定请一天假。手机就在床头,个头和自己的身高相当。他的手指小得可怜,摁了半天数字键,才把电话拨出去。领导接通了电话,怒批了大鹏一顿,要求他今天必须来上班。大鹏以重感冒为由

寻找舟的孩子

解释了半天,领导这才勉强同意准许一天假,但明天必须去上班,要不然就炒他鱿鱼。

大鹏终于松了一口气。他沿着床沿往下爬,费了好大劲儿才爬到地板上。他忽然拍了一下脑后门——昨天没有交上个月的贷款本息,按协议合同规定:如果每月未按期还贷,将交付罚息;屡次未按期还贷,还将冻结银行资金,甚至失去房子。

他决定赶紧去一趟银行。走到电梯门口,看着高高在上的电梯按钮,他又犯难了。这时,邻居王大妈手里拎着一袋垃圾,朝电梯口走来,见到矮小的大鹏,"啊"了一声,便晕倒在地。周围的邻居闻声出来,顿时炸开了锅,有的像王大妈一样惊呼,有的连忙转身躲进屋里。平时和大鹏要好的强子回过神来,赶紧拨打了110。

大鹏躲进了房间,不久便被警察逮捕。大鹏被当成危险的异类,诸如手机之类的通信工具全被没收。他一时成了各大媒体的头条新闻人物。

大鹏被关进了隔离观察室,由专人 24 小时看守。他想过逃跑,但这间特殊的观察室根本没有逃走的出口,即使是蚂蚁或苍蝇也溜不出去。大鹏垂头丧气地瘫坐在墙角,心中挂念好不容易才买上的房子。他宁愿做一名房奴,也不想做小小人。

他也想起了,期盼小芳来保释他。一天夜里,他梦见自己的房子被拍卖,梦见疯狂的子弹向小芳的胸口飞来,他毫不犹豫地挡在了小芳的前面,吓得他出了一身冷汗。

这天,在被押解去一家生物研究所的路上,警车被堵在了一个十字路口。大鹏透过车门的缝隙,看见了"幸福社区"四个字。那正是他家所在的小区。他激动不已,一时坐立不安。猛然间,他看见一个垃圾桶后面藏着两个小小人,一男一女,个头和自己差不多大。

原来,这个世界上还有其他小小人!大鹏心中既喜又悲。

这时,警车重新开动。大鹏坐在两个巨人警察中间,心中隐隐感觉到一股力量……

小小人后传

一夜之间变成小小人的大鹏，历经磨难，终于从城市逃离，回到了一个偏僻的小山村。

小山村静悄悄的，隐约出来几声犬吠。满天的星光下，散落着十来户人家。他指着村口的那座矮屋，对身边出生入死的同伴阿丽说："那就是我的家。灯还亮着，我爸妈应该还没睡下。"

望着窗户里透出来的灯光，大鹏有一种想哭的冲动，心里忐忑不安。他担心年迈的父母见到自己现在的模样会吓晕过去，或者把自己扫地出门。阿丽感受到大鹏的情绪波动，拉着大鹏的手握得更紧了。

大鹏用力敲了好几下家门，大鹏的母亲才开了一条门缝。伴着一声尖叫，门随即被关上。"你是……谁？"一个颤抖的声音从屋里传出来。

"妈，我是你儿子。"大鹏带着哭腔说，"我得了一种怪病，忽然变得这么小了。"

"我不信……"

"我真的是你儿子，我知道我们家所有的事情。我以前每周都会打电话回家，最近好久没打电话了，对吧？你的胃不好，做过手术，对吧？我爸从小体弱多病，落下了哮喘，对吧？你比我爸小4岁，生日比我爸早5个月零7天，3天后就是你60岁生日，对吧？"

门忽然开了，大鹏的母亲蹲下身来，低头抚摸着大鹏纤小的脸庞……

大鹏的父母把儿子和阿丽安顿在楼上的阁楼里，叮嘱他们

寻找舟的孩子

白天不要出门。到了傍晚，大鹏悄悄带着阿丽熟悉周围的环境。从小生长在北方的阿丽很喜欢这里的山山水水。两人成双成对，游山玩水，忘却了城里的烦恼。

大鹏一度天真地认为，自己和阿丽会像童话中的王子和公主一样，从此过上幸福的生活。可是，一天清晨，母亲忽然告诉大鹏，邻居的孙子暴病而亡，明天会请来一个大师作法，所以这几天就别出门了。大鹏拉着阿丽的手，点了点头。

第二天傍晚，法师摇着一个铃铛，屋前屋后搜寻了一遍，最后透过邻居阁楼的墙缝，发现了大鹏和阿丽。大鹏连忙拉着阿丽往屋后的山里跑，法师和几个村人在后面追赶。

大鹏的母亲追在后面大喊："他们不是鬼，他们是人，是人！"

"哪有这么小的人？分明是小鬼，是怪物！"

"根本就不是人，有点像电影里养的小鬼，专门喝人血……"

大鹏和阿丽安全地躲进了山林，翻过一座座山，最后在一片竹林落脚。

大约过了八九天，抑或是十来天——在大鹏和阿丽心中，竹林外面的时间概念已不重要——在一个傍晚，一个放牛娃路过这片竹林，发现了他们。放牛娃没有落荒而逃，也没有大声尖叫。他把手中牵牛的绳子扔开，走到阿丽跟前，一脸惊讶地说："你真好看，就像童话里的小小人，像白雪公主。你们从哪里来的？"

"我们……"阿丽一时不知道如何回答。

"我们从童话里来。"大鹏笑着说，"你很喜欢看童话吗？"

"嗯！"放牛娃点了点头，兴奋地说，"我经常缠着爷爷给我讲童话故事。既然你们从童话里来，那你们一定有很多童话故事吧？快给我讲讲，好吗？"

他们围坐在小溪旁，讲了一个又一个童话故事。不远处的老黄牛埋头吃着草，不时抬头看他们一眼。

第二天下午，放牛娃又来放牛了。他遵守了承诺，没有泄露他们的秘密。大鹏和阿丽又给放牛娃讲了很多很多童话故事。

第三天清晨，放牛娃独自急匆匆地跑来，带来一个好消息："我爷爷告诉我，你们是现实中的小小人——我可没告诉爷爷，是爷爷看完新闻后说起你们的——新闻里说，你们这种病已经有药可救了……"

阿丽呆呆地注视着大鹏。过了许久，两人才欣喜若狂地拥抱在一起。

"咱赶紧回家吧，给爸妈报个平安。"阿丽提议道。

大鹏点了点头，牵起阿丽和放牛娃的手，朝山下走去。

"以后你们还会来这里吗？"放牛娃扭头问大鹏，"还会给我讲童话故事吗？"

大鹏和阿丽对视了一眼，齐声说道："会的。"

不久，服用药物后的大鹏和阿丽变成了正常人。他们举办了一场热闹的婚礼，母亲在婚礼上喜极而泣。来年春天，阿丽怀孕了。10个月后，她生下一个健康的女婴。

就在孩子满月的那天晚上，电视里播出一则新闻："近日，某城市发现几例新型城市高压综合征，患者特征为个头矮小，眼大嘴小，头发掉落，基本丧失说话功能……"

大鹏扭头看着阿丽怀里的孩子，感慨道："希望一切都会好起来……"

第四辑 稻草人

寻找舟的孩子

 饱满的落花生

土生从小爱吃花生,不论生熟,都吃得津津有味。土生经常对伙伴们说,花生真是好东西,是土里长出来的宝贝。

上了小学后,土生才知道花生还有一个好听的名字——长生果。那是一堂语文课,学的课文是许地山的名作《落花生》,戴着老花镜的龙老师说,落花生就是咱庄稼地里的花生,营养价值很高,所以又叫长生果。土生一向不专心听讲,那天却因为讲的是花生,竟然听得格外认真,还破天荒地抄了笔记。临近下课,龙老师让大家畅想各自的志向,有的说希望成为一名教师,有的说以后要当一名医生。轮到土生发言,他脱口而出:"当一位农民,种吃不完的花生。"话刚说完,引得一阵哄堂大笑。

多年以后,土生还记得龙老师朗读《落花生》时那声情并茂的样子,也记住了课文中的那句话:"人要做有用的人,不要做只讲体面、而对人没有好处的人。"末了,龙老师叮嘱大家要好好学习,以后做一个对社会有用的人。土生却辜负了龙老师的期望,初中毕业后就成了打工族。城里打工的日子很苦,土生时常后悔当初没有好好念书。

这天晚上,土生来到下班路上的一个小摊,买了一瓶啤酒,一个凉菜拼盘,还有一碟炒花生米。土生仍然爱吃花生,有时是水煮花生,有时是炒花生米,百吃不厌。徐老板和土生已经熟识,特意多给了他一勺花生米。土生道了一声谢,然后一口气喝了一杯啤酒。

土生的心情有些烦闷。昨天,小学时代的袁班长打来电话,提议们月底回家搞一次聚会,顺便给龙老师过六十大寿。土生在电话里打听其他同学的现状,发现大家混得都不错,有的考

上了大学，有的打工赚了大钱。土生一比照自己的落魄样儿，打心眼里不愿回去。

一瓶啤酒已经下肚，土生破例又买了一瓶啤酒。土生猛喝了一口啤酒，然后用迷离的眼光打量着霓虹闪烁的街道，还有不远处的高档小区。这时，马路对面走来一位一身白裙的女子，手里拎着一个黑色的皮包。土生的视线跟着女子过了斑马线，刚过完红绿灯，一位戴墨镜的中年男子从女子身边蹿过去，抢走了黑色的皮包，然后朝土生这边跑来。女子愣了一两秒钟，然后边追边喊："抓贼啊，有人抢钱包，快抓贼啊……"生下意识地起身去追，三下五除二就把小偷按在了地上……

白裙女子要重金答谢土生，土生没收一分钱。土生的事迹上了当地的报纸，虽然只占了豆腐块儿的版面，但他内心很知足，也很淡泊，只把这事当成生活中的一碟下酒小菜，酒肉穿肠过，早出晚归的打工生活依然如故。

巧合的是，一位热心人在微博里转发了土生的事迹，一传十、十传百，这条微博被袁班长无意间看到了。

小学同学聚会的日期近了，土生一直没决定是否赴约。这天晚上，土生接到一个陌生来电，一接听，竟然是龙老师打来的。龙老师在电话里说："土生，如果你有空，就请假回来一趟吧，大家都很想见见你。你的事，小袁已经在电话里跟我说了。你是好样儿的，是我的好学生，是一个对社会有用的人……"

接完电话后，土生专程来到徐老板的小摊。徐老板一脸笑意，客气地说："兄弟今天吃啥，还是老三样？"土生笑着点了点头。

不一会儿，一碟满满的炒花生米端上小桌。土生夹起一粒饱满的花生米，嚼在嘴里，香喷喷、甜滋滋的。

寻找舟的孩子

院子里的井

郭老汉决定在自家院子里打一口井。

儿子昨晚在电话里说:"村口那个泉眼的水量本来就不多,蓄了半天,一次也就够挑两三担水。去得迟了,就只能排队守着。爸,你也别跟水生较劲儿了,大人不计小人过……"

一想起水生,郭老汉心里就来气。昨天傍晚,大伙儿都在村口的水池旁排队打水,好不容易轮到郭老汉了,却半路杀出个程咬金,"老光棍"水生急匆匆地走来,径自排在了郭老汉前面。郭老汉跟他理论起来,气得满脸通红。水生不理睬,挑着满满一担水,溜之大吉。

还是儿子知道心疼人,说过几天就汇一笔钱,在自家院子里挖一口井。郭老汉起初不同意,心疼儿子在外赚钱不容易。儿子执意要汇钱,还找了一个不错的理由——年底要带女朋友回家,别让人家嫌家里缺东缺西。听儿子这么一说,郭老汉爽朗地笑了。

说干就干,不到一个月,院子里的井就竣工了。郭老汉热情地邀请邻居们来打水,唯独没有邀请水生。水生每天还去村口的水池挑水,与郭老汉井水不犯河水。

郭老汉最得意的事儿,就是傍晚蹲坐在院子的屋檐下,一边抽着旱烟,一边看着邻居们来回挑水。郭老汉当了大半辈子农民,也庸庸碌碌了大半辈子。如今,郭老汉觉得儿子有出息,给自己长脸了。女儿也不赖,特意邮寄了一笔零花钱,以感激父亲对自己女儿的照料。郭老汉打心眼里喜欢这个外孙女,人懂事,学习成绩也是顶呱呱。

一天傍晚,得知外孙女要写一篇关于家乡景物的作文,郭老汉马上提议写院子里的那口井。郭老汉特意查了字典里"井"

字的条目，还帮外孙女修改了好几遍，把"井底之蛙""井井有条"等成语都用在了作文里。第二天一放学，郭老汉就问外孙女："那篇作文老师批改完了吗？得了多少分？"外孙女摇头说："还早呢，没那么快。"到了第三天，郭老汉终于喜笑颜开——那篇作文得了90多分，全班第一。郭老汉笑得半天合不拢嘴。

郭老汉更得意了，每天傍晚都要蹲在院子里看井。可是时间一长，郭老汉发现来打水的人越来越少了。郭老汉心里很纳闷儿，却又不便多问。

这天吃晚饭时，外孙女解开了郭老汉心中的疑团。"外公，我今天放学时听见有人在背后议论你，说你越来越摆架子，看见邻居来打水，一点儿都不热情。"外孙女一边埋头吃饭一边说，"她们还说你是势利眼，谁没给你送东西，你就给谁冷脸……"

郭老汉心头一颤。的确，平日里偶尔有邻居给郭老汉送些东西，这家送几个西红柿，那家给几张刚做的馅饼。郭老汉起初会推让一番，心里觉得挺过意不去，后来干脆利索地收下了东西，现在竟然责怪某某某好久没送东西了。这般反省半天后，郭老汉长叹了一口气。

第二天清晨，天空飘着细雨，郭老汉早早地出门赶集去了。临近晌午，雨过天晴，郭老汉一回到家，发现外孙女正裹着大衣，坐在院子里直打喷嚏。

老伴惊魂未定地说："多亏了水生，要不然咱外孙女就溺死在井里了……水生赶集回来路过咱家时，听见院子里有人喊救命，才发现咱外孙女栽进井里了……都怪我，我不该去菜园摘菜，不该让咱外孙女一个人去打水……"

郭老汉愣了许久，然后掏出袋子里的菜，一边递给老伴，一边对外孙女说："晚上弄好吃的，我给你们做几道拿手菜。"

"什么拿手菜啊？"外孙女擦了擦眼泪，追问道。

"有四喜丸子、糯米饼、香芋球……"郭老汉扭过头，接

寻找舟的孩子

着对老伴说,"晚上你给邻居们送一点儿吧。"

老伴点了点头。老伴心里明白,郭老汉一大早去赶集,就是因为昨晚外孙女转述的那些流言。

老伴沉默片刻,又试探性地问:"给水生也送一点儿吧?"

郭老汉看了一眼院子里的那口井,语气坚定地说:"晚上我亲自给他送过去……"

曾老师

这天下班后,我戴着耳机,在办公室上网。曾老师忽然走过来,趴在我跟前:"还没回家,加班哪?"

我摘下耳机,起身拉过旁边的一把椅子:"没加班,听歌哪。"

曾老师笑着坐了下来,凑到我跟前:"听什么歌?让我也听听,看看你们'80后'听些什么歌。"

我把耳机拔了出来,让音频窗口最大化。电脑播放的是王铮亮的《时间都哪儿去了》:"记忆中的小脚丫/肉嘟嘟的小嘴巴/一生把爱交给他/只为那一声爸妈/时间都去哪儿了/还没好好感受年轻就老了/生儿养女一辈子/满脑子都是孩子哭了笑了/时间都去哪儿了/还没好好看看你眼睛就花了/柴米油盐半辈子转眼就只剩下满脸的皱纹了……"

我和曾老师看着歌词,一起默默地听着。一曲唱罢,我扭头看了一眼,竟发现曾老师热泪盈眶。

"曾老师,您怎么了?"我慌张地问道。

"没什么……"曾老师低头揉了揉眼睛,然后看着我说,"这歌不错,叫什么名字?"

我把歌名和歌手的名字告诉了他，心里仍惊诧于他刚才的反常举止。曾老师拿起我桌上的一沓纸稿，岔开了话题："最近忙吗？"

"前阵子挺忙的，最近好些了。"我偷偷看了一眼他的红眼眶，有些心不在焉地答道。

他拍了拍我的肩膀，打听我的年龄。我如实相告。他又凑到我耳边，打听我有没有对象，我笑着摇了摇头："八字还没一撇哪。现在这点儿工资，能养活自己就不错了。"

"现在平均每月能赚多少钱？"曾老师关切地问。

我又如实相告。他仰头想了想，劝慰道："也还行，比我儿子刚来北京的时候好多了。"

"您的儿子也在北京上班？"我有点惊讶，因为返聘来公司做编审的曾老师一直在公司附近租房，而且周末基本上都在公司待着，按理来说，他可以跟儿子一起生活啊。

"嗯，他来北京七八年了。"曾老师又拍了一下我的肩膀，鼓励道，"年轻人，加油！家庭、房子都会有的。你忙吧，早点儿回啊，身体要紧。"说完，他起身告辞了。

第二天吃午餐时，曾老师坐在我和王老师的中间。我们仨经常一起吃饭，早已成为无话不谈的朋友。饭后，曾老师回家午休了，我趁机向王老师打听曾老师儿子的事。王老师摇头说："我也不太清楚，他很少提起他儿子。"

春去秋来，曾老师的房租到期了。我主动提出帮他搬家，他推辞了半天，最终才答应了。我第一次走进他的卧室。那是一个二层的简易公寓，每层走廊中间的卫生间是公用的，环境很差。曾老师的房间在二层，只有十三四平方米，没有窗户，没有电扇和电视。我一走进房间，就闻到一股霉味，空气很不好。我不敢想象闷热的夏天、阴冷的冬天，年过六旬的曾老师是如何一个人度过的。

寻找舟的孩子

"瞧,我就这点儿东西,主要是一箱书比较重。"曾老师一边说着一边清点东西。他弯腰拿起角落里的电磁炉,忽然咳嗽起来。

我的眼泪突然冒了出来。我连忙低下头,接过他手中的电磁炉,连声说:"我来,我来……"

曾老师的新居也离单位不远,比之前的远了大约1000米,但住宿条件好多了,必备的家居用品基本齐全,关键是有窗户和空调。

大约两个月后,公司调整了发展规划,决定将一些部门迁移到外地,曾老师所在的编审部门就在其列。公司给了员工一个月自主考虑的时间。一天散步时,我忍不住问曾老师怎么打算,我本以为他会选择留在北京,不料他说:"我去哪儿都无所谓,领导昨天找我谈话了,说那边刚组建,需要我,既然这样,那我就去吧。"

"那您的儿子同意吗?"我一心想劝阻他,因为那个地方离他老家更远了,在那边也无亲无故。

"我没跟儿子说这事,我自己做主就行了。"曾老师仰头看了一眼白云悠悠的天边,感慨道,"只是去了那边,就少了你和王老师这样的朋友了。"

我一时不知道说什么好。

两周后,曾老师就要启程了。临走的前一天晚上,我和王老师给他饯行,一直聊到很晚。

"曾老师,行李多吗?"我一边给他倒茶水一边问道,"行李多的话,我明天下午去送你,请半天假……"

对面的王老师打断我的话:"你别请假了,明天我开车送曾老师吧,我跟领导说一声就行。"

"你们都别送我了,我就一个包,没什么大行李。"曾老师放下筷子,连忙劝阻道,"儿子应该会抽空送我吧,你们放心。

来，我以茶代酒，谢谢你们，也祝我们友谊地久天长。"

三个杯子碰在了一起。

没过多久，我离开了公司。一次聚餐时，我和王老师聊起了曾老师。王老师告诉我，曾老师的儿子在北京买了一套房子，和丈母娘一家一起住，每月还4000多元的贷款。曾老师每月都会给儿子一笔钱，自己却省吃俭用。曾老师现在的任务挺重，每天要审读一大堆稿件。曾老师刚去那边时有点儿不适应，前几天还感冒了……

"曾老师走的那天，也不知道他的儿子有没有去送他。"我忽然很关心这个问题。

"不知道，但愿他去了吧。"王老师猛喝了一口酒。

和王老师道别之后，我连忙拨通了曾老师的电话："曾老师，是我，感冒好了吗？"

"你怎么知道我感冒了？是老王告诉你的吧？老王真是的，我都让他别告诉你……没事，已经好了。"曾老师的声音听起来有些沙哑。

"那就好，平时多保重身体。"我听见对方那边有音乐声，于是好奇地问，"曾老师还在单位吧？听什么歌呢？"

"哦，你看我，我忘记把电脑的音量调小了。我在听那首《时间都去哪儿了》……"曾老师忽然咳嗽起来，咳嗽个不停。

一声声咳嗽像针头一样，扎在我心头。原来，他的感冒并没有完全康复。我连忙说："曾老师，赶紧喝点水，吃点药。我们下次再聊，再见……"

挂断电话后，我仰头望着苍茫的夜空，把眼泪吞了回去。

寻找舟的孩子

 山里的歌声

山的那边,还是山。眼前的这座山,斜而陡,一行石阶蜿蜒其间,清脆的鸟叫声此起彼伏。

好久没有爬山了。去年冬天,我因病从北方城市回到了这个南方村落。我的病情时好时坏,父亲破例每天放学后回一趟家,次日一大早再翻过一座座山赶往学校。今天一早,我嫌待在家里烦闷,就提出去父亲的学校转一转的要求。父亲欣然同意了。

想来,至今我还没去过父亲任教的这个山村小学。父亲当了 30 多年小学教师,光在这个山村小学就待了 5 年,一直不愿意调到镇中心小学。我和母亲对此都极为不解。

"爸,你明年还准备在这个学校教书吗?每天爬这些台阶,够累的,你年纪也大了。"我扭头看了一眼满头是汗的父亲,忍不住问道。

"在哪里教书都一样。这里太偏僻了,外面的老师都不愿意来这里。这里的孩子穷,但爱读书,我想为孩子们尽点儿力,帮助他们从大山里走出去……"

我停下了脚步,一屁股坐在石阶上休息。看着骨瘦如柴、一头白发的父亲,我心里一阵酸楚。本来就不宽裕的家境,因为我的病,欠下了一大笔债。父母的身体也大不如去年,我这个独生子本该在家好好尽孝心,可我又不想一辈子守着大山过日子。"贫穷就像太行、王屋两座大山。"父亲除夕夜喝醉酒时说的这句话,我一直铭记于心。

"你不要顾及家里,你还年轻,应该去城市闯一闯。只要身体好了,凡事就可以从头再来。"父亲轻轻地拍了一下我的肩膀,"我们走吧,时间不早了。"

走完第 365 个石阶，再走了一段崎岖不平的山路，我和父亲就到了他的学校。那个两层楼的学校坐落在大山脚下，校门口有一口池塘。

"鹅，鹅，鹅，曲项向天歌，白毛浮绿水，红掌拨清波。"一阵琅琅的读书声从一层楼最左边的教室里传出来。

"这是一年级的教室。第二层是我的办公室，还有学生宿舍。"父亲向导似的介绍着，脸上多了些许兴奋。

"饿，饿，饿，齐项向天歌……"教室里传来一阵笑声。

我的心头一颤，不禁朝教室那边望了一眼。

"一定又是李自强那小子念的，'饿'和'鹅'不分，教了好多遍，就是发音不准，唉……"父亲笑着从口袋里掏出一把钥匙，递给我，"先去办公室歇一歇，我先去上课，已经迟到三分钟了。"说完，父亲迈着大步，朝一年级教室走去。那股精神气儿，俨然比我还年轻。

我不想爬楼梯上楼，于是蹲在一年级的教室门口，第一次听父亲讲课。父亲讲课的声音很大，也很流利，与课堂下的他截然不同。

"我们先复习一下昨天的课文。李自强，你来读一遍课文。慢慢读，咬字清楚些。"

教室里安静下来，然后是一阵细小的声音："饿，饿，饿，曲项向天歌……"

又是一阵哄堂大笑。

我抿嘴一笑，走到教室门口，把父亲叫了出来。

我站在了讲台上，以村里第一个大学生的身份。我简单回顾了自己的学生生涯之后，父亲让学生自由提问。一时间，诸如学习方法、考试心得、都市生活等问题接踵而来。

眼看就要下课了，父亲点名让李自强提一个问题。李自强是个矮小的平头学生，脸消瘦，眼睛却清澈明亮，像一口井。

寻找舟的孩子

李自强忸怩地站了起来,头也不抬地怯声问道:"上大学有用吗?"

其实,我最希望提问的人就是他。不过,他的这个问题却有些出乎我的意料。父亲曾向我提起过,说班里有个学生的家里很穷,父亲去家访了好几次,说明不用交学杂费,那个学生的家长才同意他来上学。

我笑着示意他坐下来,望了一眼窗外的大山,然后笑着说:"李自强同学的这个问题提得好,大家先给他一点儿掌声。"

教室里响起节奏不一的零星掌声。

"我读小学一年级的时候,学习成绩不太好。和李自强同学一样,我也分不清'饿'和'鹅'的读音。可我最后还是考上了大学。大学毕业后,我找了一份编辑的工作,还能养活自己,所以,我可以肯定地告诉同学们——好好读书,就不会饿肚子。只要我们能够像鹅一样'向天歌',不低头,不放弃,长大后就会有出息的。李自强同学,希望你像你的名字一样,好好学习,以后考个好大学,走出学校后面的那座大山……"

这时,下课铃响了。我和父亲并肩走出教室,只见一群鹅在池塘里仰头高歌。同学们燕子似的跑向操场,惊起池塘里的一圈圈涟漪。

最魔术

多年以后,七星仍然记得父亲表演的那个魔术。

七星从小喜欢看别人变戏法。刘谦是他心中的偶像。每逢赶集,别人家的孩子都惦记着摊位上的糖果零食,七星却拉着父亲往集市中心的大棚里钻。大棚里外挤满了人,围观一位戴毡帽的老人变戏法。老人会变很多戏法,人称"刘老邪"。七星那时最爱看刘老邪的"小碗大挪移"戏法——3个小碗里有且只有一个小红球,但观众都猜不准小红球到底在哪个碗里。有一次,七星睁大眼睛,明明瞅见小红球在中间那个小碗里,可最后它却躺在了左边的小碗里。从那天起,七星打心眼里崇拜刘老邪。

那年冬天,集市散场后,七星尾随刘老邪来到其住处,恳求刘老邪收他为徒。刘老邪没答应。七星不甘心,在刘老邪家的院子里跪了一整天。傍晚时分,天空飘起了雪花,刘老邪终于松了口,让七星站在身旁,自斟自饮七星买来的白酒。酒过三巡后,刘老邪郑重地说:"如果你家人不反对,我可以收你为徒,但这事得保密,我只收一个徒弟。而且,你从今往后都不能做昧良心的事情,要守规矩,讲道德。"

七星跟着刘老邪学会了"小碗大挪移"的戏法,心里乐开了花。但他不能表演给父亲看,因为这事一直瞒着父亲,根本没征得父亲的同意。

这个秘密终究没瞒多久。一天晌午,刘老邪表演戏法时遇到几个砸场的痞子。不是痞子识破了戏法,而是强逼刘老邪当场揭秘,让他们学会这个戏法。刘老邪嫌他们人品差,不够格,毅然拒绝,结果被打得遍体鳞伤。第二天,刘老邪就死在了院子里的水井旁边,井中漂浮着一个小红球。七星不得已把师从刘老邪的事如实告诉了父亲。刘老邪是个光棍,没有子女,葬礼便由七星父子俩张罗。葬礼张罗完没多久,七星悄然离开了小山村,四处拜师学艺。

父亲在电视荧幕上再次看到七星时,七星已经是闻名遐迩的魔术师。

一个傍晚,村口停了一辆小轿车,七星从车里钻了出来,

寻找舟的孩子

一身笔挺的中山装。父亲正肩扛着锄头从田间回来，上下端详着自己的儿子。两人对视良久，才被邻居的刘大婶劝进屋里。

七星这次回来，捐助了村小学 5 万元建设资金。村里人打心眼里高兴，纷纷赞其为村里有史以来最有意义的大事。

小住几日，七星便离开了村子，赶赴某电视台录制一档节目。

七星再次回来时，父亲已经卧病在床。七星含泪握着父亲干瘦的双手。父亲爬了起来，被扶坐到一张方形饭桌前，命七星取来 3 个小碗和一个熟鸡蛋。

父亲笑了笑，对围观的邻居说："今天，我来表演一个魔术，大家捧捧场。"

父亲将 3 个小碗反扣在桌面上，把鸡蛋放在中间的小碗里，然后快速移动 3 个小碗的位置。几秒钟后，父亲让大家猜鸡蛋在哪个碗里，众人皆猜在左边的小碗里。父亲揭开了谜底，鸡蛋却在中间那个碗里。

七星自然知道这个谜底。对于此时的七星来说，父亲的这个魔术有点小儿科，但在他心中，这是最精彩的魔术。

邻居倍感惊讶，追问他什么时候学会了这手绝活。七星的父亲剥着鸡蛋，如实相告：七星上次资助村小学 5 万元的当天晚上，他主动向七星讨教如何表演"小碗大挪移"戏法。七星当场传授了这个戏法，只是当时用的道具是小红球，而不是鸡蛋。

父亲把剥好的鸡蛋塞进了七星的嘴里。七星嚼了两口，深情地说："真香……"

七星和父亲抱在了一起。屋里响起热烈的掌声。

父亲对七星耳语道："明天是清明，我们一起去村口的山头祭拜刘老邪。我今天表演的魔术，是为他，也是为你。"

七星含泪点了点头。

给你一台复印机

大学毕业已经一个多月了,他还是处于失业状态。

这天,他站在拥挤的公交车上,看着窗外曾经那么熟悉的建筑和路口,觉得一切都缺少了阳光的明媚和温情。今天的面试,又是无功而返。当晚,他正和几个同样失意的大学同学喝扎啤,父亲打来电话,让他回去休息一段时间,顺便给母亲过50岁生日。

他踏上了南下的火车。走到村口的时候,他停下了脚步,眼前升起几缕炊烟,在夕阳中飘摇,然后渐渐消散于这片偏远而冷清的天空。曾经出现在诗行里的炊烟,不再诗意。

外孙女最先看见他的身影,蹦跳着向村口跑去。

"舅舅,大后天就是我和外婆的生日。你给我带什么礼物了?"外孙女一脸微笑,个头长高了不少。

"我给你带了几本童话书。"

"好哎——"外孙女的脸上又绽放了几朵笑容。外孙女现在读初二,脑子挺机灵的,平时最爱看课外书。

第二天,他帮着家人一起插秧,烈日炎炎,成片的梯田摇曳着点点绿意。他插秧的速度几乎和外孙女差不多,一天下来,累得腰酸背疼。吃过晚饭,他沮丧地坐在书桌前,在日记本上只写了一句话:"我快要成废人了!"

洗漱的时候,他看见父亲屋里的灯还亮着。他推开门,看见父亲正埋头备课,早生的白发在灯光下直晃眼。

"爸,累了一天了,怎么还不睡?"

"还有几节课的教案没写完,这周五就得交到中心学校去检查。这玩意儿,每个学期都得不定期检查,每年备课的内容

寻找舟的孩子

却差不多。哎，要是能用复印机直接复印就好了。"父亲苦笑了一声。

"舅舅，复印机是什么呀？"坐在一旁看书的外孙女突然扭头问道。

"复印机可以把一份底稿复印出好多份，比如，你在纸上写好一篇作文，只要把这张纸放进复印机里，就可以复印出好多篇同样的作文。舅舅在城里找工作的时候，就复印了好多份简历……"他一想起那些石沉大海的简历，心里就一阵酸楚，"懂了吗？"

外孙女若有所思，点了点头，然后继续埋头看手中的童话。

生日那天，亲朋好友都来他家祝寿，热热闹闹的，格外喜庆。他跑前跑后，忙活了一天。当晚，他拿出一个心形的生日蛋糕，点上了蜡烛，然后让母亲和外孙女许愿。母亲头一次吃生日蛋糕，更没许过什么心愿。倒是外孙女利索，很快就闭眼许了愿。在大家的催促鼓励下，母亲这才闭上眼，过了好几分钟才睁开湿润的眼睛。

家人正吃着蛋糕，外孙女凑到他跟前，高兴地说："舅舅，你猜我刚才许了几个愿？"

"猜不出来。"

"两个。"外孙女笑了笑，"你想不想知道我许了什么愿？"

"不能说。你舅舅刚才说了，许的愿说出来就不灵了。"一旁嚼着蛋糕的母亲嗔怪道。

"没事的。我悄悄地说，上天听不见的。"外孙女让他蹲了下来，凑在他耳根小声地说，"我许的第一个心愿是爸爸妈妈今年在外面赚大钱，过年时早点儿回来。第二个心愿是送你一台复印机，这样你就可以复制很多很多的简历，外公备课也不用那么辛苦了。"

他侧过脸，眼里闪烁着晶莹的泪。

当晚，他躺在床上看着天花板，辗转反侧。深夜，从隔壁屋传来母亲和父亲的夜话：

"儿子最近瘦了不少。找工作的事，我们这几天都别提，不要刺激他。"

"我今天许了一个愿，保佑儿子早点找到工作。咱们多给他一点儿时间。时间久了，机会总会有的。"

"对，让他在家多住几天……"

"啪"的一声，他拉开了电灯，用考上大学时父亲送给他的钢笔，在日记本上郑重地写着："晨起的炊烟，依旧在天空升起……"

 霍元甲

霍元甲，不会武功。

霍元甲的真名叫吴霍元，是我的初中数学老师。吴老师教我们的时候已经50多岁，和老年时期的霍元甲很相像。班上的美术特长生刘福平爱看武侠故事，某日在数学课上偷看《霍元甲》，一下课就送给吴老师一个"霍元甲"的绰号。大家一思量，觉得有理，"霍元甲"这个绰号便在班里传开，后来还波及全校，乃至家喻户晓。

霍元甲之所以能够家喻户晓，还在于他的医术。霍元甲年轻时跟人学过医，因为好学、忠厚，得师傅真传，掌握了治疗胃病的独门秘方。每天都有方圆几里的人赶来他家求医，有时还到学校来找他。求医者往教室门口一站，霍元甲就暂停讲课，先打发求医者到他的办公室里稍等片刻，然后继续回到教室上课。等下课了，他就领着求医者到他家就诊。

寻找舟的孩子

校长并没有责怪霍元甲。这并不是因为霍元甲救过校长母亲的命，而是因为，教书育人、救死扶伤，本来就是一家子的事，只要不耽误教学就行。这是校长的原话。

还有一个原因，霍元甲手下的历届学生的考试成绩都不错。他从初一带到初三，三年一个轮回，每届中考都有超过半数的学生考上重点高中，这对于这所偏僻的乡镇中学来说，算是佼佼者了。

同校的老师都说，历史上的霍元甲教武功有一套，我们的霍元甲教学生有一招，就像他的那剂独门秘方。

霍元甲教书的确厉害，从不备课，却能做到心中有数，讲解题目时头头是道。更难得的是，他对差生也是教导有方，经过几次面对面的私下谈话，能让那些差生变得主动学习。刘福平初一时的名次在班上排倒数第二，中考却考上了一个还不错的中专艺术学校。

刘福平和我同桌，我们的关系一直不错。大一那年暑假，我在初中校门口遇见刘福平。他在县城经营了一家规模不小的工作室，这次也是回母校寻访、追忆的。寒暄几句后，我们说起了霍元甲。

如今霍元甲已经退休了，听说现在在家潜心钻研医术，名声越来越大。

我们相约去拜见霍元甲。他的家还在学校旁边，我们进去时，他正在给一名消瘦的男子把脉。没多久，男子就拎着一剂中药，点头哈腰地出了家门。

霍元甲还记得我们，听说我们都有出息了，脸上堆着笑。

霍元甲对刘福平说："你小子，当年赠送我'霍元甲'这个绰号，我还得感谢你哪！"

"您早就知道是我给您取的绰号？"刘福平笑了笑，吃惊地问道，"为什么要感谢我呢？"

"平日里我不爱看书，那次你们政治老师从你手中收缴了那本《霍元甲》，我借来看了一遍，受益匪浅啊。那本书现在还在我手里呢，我经常翻一翻……"霍元甲抿了口茶，接着说，"霍元甲是一代宗师，他传授的武功既能强身健体，又能锄强扶弱、报效民众。教书从医，其实也是这个理儿。霍元甲教弟子也很讲究方法，对你们这群小兔崽子，我也是煞费苦心啊……"

我和刘福平以茶代酒，敬了霍元甲一杯。

我和刘福平再去霍元甲家，已是两年之后。班长逐一给初中同学打来电话，告诉了我们一个不幸的消息：霍元甲吃了大半辈子的粉笔灰，不久前得肺结核去世了。

出丧那天，能联系上的初中同学都赶来了。我和刘福平来得最早。灵堂正中间摆放着霍元甲的遗像，刘福平一看，眼泪"哗"地流了出来。

两年前的那次拜访，刘福平放下茶杯后，打趣说了一句："老师您要是能留一点儿上唇胡须，就更像霍元甲了。"霍元甲当时只是一笑而过，并没有说什么……

遗像上的霍元甲，已然留着一排上唇胡须，正气而庄严。

门外，天阴得发沉，方圆几里来送葬的人越来越多……

儿子给我上了一堂课

一行石阶在山间蜿蜒。浓重的雾气笼罩着整个山沟，雾气中缥缈着清脆的鸟叫声。

儿子走在我的前面，沿着石阶往上爬。走了20多分钟，我们就到了我任教的那所小学。

学校坐落在大山脚下，校门口有一口清澈的池塘。雾气已

寻找丢的孩子

经散开,儿子在池塘边停下了脚步,只见一群鹅在池塘里仰头高歌。

今天我要当一回学生。我教了大半辈子的书,这里的教学条件和教育方式一直比较落后。儿子去年考上了大学,在大城市里受了高等教育,趁他这次回家,我就让他给我的学生们上一堂课,以此来激励那几个不爱学习的学生。儿子欣然答应了。

儿子站在了讲台上,在黑板上写了一个"鹅"字,然后问道:"同学们,这个字怎么念?"

"鹅。"同学们齐声念道,一脸疑惑。是啊,这个字太简单了,他葫芦里到底卖的是什么药呢?坐在教室最后面的我,心里也泛着嘀咕。

儿子又在黑板上写道:鹅=我+鸟。儿子接着提问:"大家最喜欢什么鸟呢?哪个同学能举手回答一下?"教室里顿时摇晃着许多双小手。

儿子看了看花名册,点了李小强的名字。李小强是班上最调皮的学生,上课要么睡觉,要么走神、发呆,成绩一直很差。今天来的路上,我跟儿子还提起过他。

"我喜欢燕子。"

"为什么呢?"

"燕子在空中飞的样子很美,叫声也好听。"李小强略带玩笑地说。

"好,请坐。"

儿子又点了几个学生起来回答。有的说喜欢"天鹅",有的说喜欢"喜鹊",有的说喜欢"孔雀",答案五花八门,教室里顿时沸腾得像一锅粥。我明白了,儿子这样做,是在发散学生的思维,激发学生的学习兴趣。

儿子接着说:"我喜欢的是候鸟。大家知道什么是候鸟吗?"学生们一个个摇头。

114

"候鸟是一种随着季节变化而南北迁移的鸟。夏天的时候,候鸟在温度较低的北方生活,冬天的时候就飞到温度较高的南方过冬。它们不会一直待在一个地方,它们飞过高山,心比天高。"说完,儿子又在黑板上写了一个"山"字。

紧接着,儿子让学生们用这几个字造句。李小强第一个举手,信心满满地说:"我是山里的一只候鸟。"

"很好!请坐!"儿子让李小强坐了下来,把那句话写在了黑板上,然后笑着说,"同学们,山外面的世界很精彩,我给大家看看我在北京拍的照片,好不好?"

"好!"大家异口同声地喊道。

儿子给学生们分发了"未名湖""清华园""天安门""故宫""长城"的照片。大家围在一起,交头接耳,脸上满是羡慕和兴奋的表情。

儿子维持了一下课堂秩序,说道:"现在,请几位同学上讲台,畅想一下你眼中的'外面的世界'。谁想第一个上台,请举手!"

我的心中一紧,生怕会冷场。因为以前我一提到让学生上讲台,大家都有一种畏惧心理,没有谁会自告奋勇地举手。没想到,这次竟然有好几个同学大胆地举起了手,争抢着第一个上讲台。关于未来,大家心中有着强烈的倾诉欲望。

学生们在讲台上羞涩而认真地演讲,格外投入。好几个学生发誓以后要好好读书,争取考上北大、清华,走出这个穷山沟。儿子重新走上讲台,逐一表扬了上台的学生。

我看了看手表,还有一分钟就下课了。儿子的这堂课不仅达到了我请他来讲课的目的,而且充满了教学艺术,好好地给我上了一课。

我以为儿子的这堂课就此结束。想不到儿子最后在黑板上还写了这样一句话:

"我们是山里的候鸟,从这里勇敢地飞出去,然后每年飞回来，不忘这里的家！"

感叹号刚落笔，下课铃声就响了。我忍不住带头为儿子使劲鼓掌……

我不是宝玉

"我不是宝玉。"仲不止一次这样声明过。

仲的确不姓贾，但他是个红楼迷。工作之余，仲自发创办了一个"红楼迷"民间论坛，根据《红楼梦》原著分设"潇湘馆""怡红院""蘅芜院"等子版块，俨然一个网络版大观园。论坛里的大部分成员是女性，司职各个子版块版主，每天发帖、回帖，把论坛打理得很是红火。"怡红院"由仲担任版主，人气最旺，所以姐妹们在论坛里直呼他为"宝玉"。仲还不定期在节假日组织小型红楼沙龙，现已成功组织了近十次活动。

熊也是红楼迷民间论坛的一员，兼网络管理员。熊和仲租了一个两居室，仲单独住一小居，熊和爱人住大居，相处得像一家人。

这天，熊在电话中告诉我："仲住院了，刚做完手术，有空来看看我们的坛主吧。"

下班后我赶到医院时，熊正陪在仲的病床跟前，刚给仲喂完米粥。仲见了我倍感惊喜，嘴角挤出一丝笑容。仲消瘦了许多，脸上挂满了疲惫之色。

晚上睡不着，伤口隐隐作痛。仲靠在床头，低声说道："昨晚做了好几个梦，都是生生死死的梦。我还梦见我们论坛的姐妹们来看我了，一个个哭哭啼啼，还唱着黛玉的葬花词，凄凄惨惨的。咳，假如原著中真的是宝玉先于黛玉去世，曹雪芹该

会如何演绎下去呢?"

"别瞎想了,"我劝阻道,"眼下最紧要的,是养好你的身子。红楼迷论坛离不开你。"

"是啊,不感伤了,毕竟我不是宝玉。"仲惨然一笑。

聊到晚上9点多,熊送我离开医院。熊告诉我,仲这次做手术,不让论坛的姐妹们知道。连他的父亲,仲都没告诉。

仲初中毕业后就被招入部队,一待就是8年,去年刚转业,只身来到北京闯荡。仲入伍的第三年,仲的母亲去世,但他未能参加母亲的葬礼。因为仲的父亲隐瞒了这个噩耗,直到仲第二年回家才告知实情。仲因此憎恨自己的父亲,认为父亲没有亲情、人性,生生阻止了母子俩见最后一面。直到现在,父子俩的关系也一直不好。

我刚回到住处,仲发短信询问我是否平安到家。仲对论坛的姐妹们一贯如此细心、体贴。我报了个平安,洗漱后收到仲当晚发来的最后一条短信:"我昨晚还梦见我的母亲了,她的坟头散落着石头,长满了杂草。乱石生草,并非吉兆……"

关于《红楼梦》,仲更喜欢《石头记》这个名字。石头是楼宇的根基,红楼梦因石头而来;石头是大地的子女,也会做梦,虽历经雨雪风霜,风吹日晒,仍巍然矗立,一梦千年,故而《石头记》较之《红楼梦》更为贴切、深刻。仲在红楼迷论坛的这几句解构,深得姐妹们赞许。

因为他的母亲,仲对石头有着更为刻骨的迷恋。

几天后,仲出院了。我忙于工作,未能去医院迎接。我遵守了我们的诺言,没在论坛上公布仲住院的消息。

出院后第四天,仲邀请我去他家做客,说是有重要的事情相告。

熊张罗了一桌饭菜,还有一个生日蛋糕。仲和熊忽然关了电灯,对我唱起了生日歌。我竟然忘了今天是自己的生日……

寻找舟的孩子

我破例第一次喝酒,因为有这样一群好哥哥。仲本想喝酒,被我们劝住,改喝橙汁饮料。酒过三巡,我的头脑开始发晕,听见仲说了一句:"过几天我准备回家,和我爸过一个中秋。"

"挺好。"我打心眼里高兴,笑着说,"在家多陪家人几天,晚点回来。"

"这一走,我就不回来了……"仲给我和熊各斟满了啤酒,起身说道,"我们的论坛,以后就靠你们了。我老家不方便上网,但论坛不能解散,好多人需要它。"

"这几天,我看完了新版《红楼梦》电视剧,喜忧参半。不过,翻拍经典,毕竟是好事,至少圆了新一代年轻人的梦。"仲坐了下来,继续感慨道,"在《红楼梦》中,宝玉悲叹姐妹们一个个离他而去,现如今,我却要离开你们这些'红楼迷'了……我这一病,想了很多,我终于明白我爸当年的良苦用心了。他现在也老了,我要挑起家的担子。我想,这也是我妈愿意看到的……"

我眼含着泪,一时无语。我终于相信——仲,真的不是宝玉。

稻草人

王局长的车停在了一座小屋前。

小屋坐落在山脚下,门前是一片稻田。不远处,一位农夫正弯腰插秧,像鸡啄米。

王局长往田埂走去,径自走到农夫跟前,叫了一声:"爹。"王大爷抬头看了一眼,脸上露出惊喜的笑容,继而瞬间消失。王局长刚升官调任的消息早已传遍这个小山村。村里人碰到王大爷都拱手道喜，背地里却说三道四。如今这世道，有几个当官的不贪污，王局长能升官，肯定做了什么手脚。自从这话传到王大爷耳朵里，王大爷心里就憋得慌。

"爹，"王局长又叫了一声，"爹，我和你一起插秧。"

王局长开始脱锃亮的皮鞋，王大爷阻止道："别脱了，张秘书还在门口等着，回屋吧。"

王局长这次回来，是想接王大爷到市区一起住。父子俩聊到深夜，王大爷一直不点头。王大爷说："我在乡下住习惯了，你在外面做个好官，我就知足了。"

第二天清早，张秘书叫醒了王局长，说王大爷天一亮就下地了，后来村长带着一群人来帮忙，现在田里挤满了人。王局长连忙赤脚往田间走，一边责怪道："你怎么不早点儿叫醒我。"

王局长挽起裤腿下田的瞬间，相机"啪"的一声按了下去。

回到市区，王局长才知道自己下田插秧的镜头被张秘书偷拍下来。照片的背景是一片人山人海的稻田，王局长挽裤脚的背影占了画面的一大半，旁边是一个头戴草帽的稻草人。

王局长把照片洗了出来，裱在相框里，经常端详这张照片。

不久，一个重点建筑项目上线，好多开发商报名竞标。天地开发集团是当地有名的上市公司，资金雄厚，本是不二人选，可就在竞标大会召开前两天，王局长接到李副局长的电话，说他的一个亲属对这个项目很有意向……

当天下午，张秘书送来李副局长转交的天尊地产的投标文件，让王局长过目。王局长示意他坐下，泡了一杯茉莉花茶，和张秘书闲聊起来。

王局长聊起了自己的童年。小时候的他是个孤僻的孩子，经常一个人躲在家里。农忙季节，他跟在家人身后，提个簸箕，扛根扁担。他喜欢玩土，衣服整天脏兮兮的。

王局长给张秘书倒了一杯茶，继续说道："我爹是扎稻草

寻找舟的孩子

人的高手，扎的稻草人跟真人一样。别人家田里插的稻草人不管用，庄稼照样被动物糟蹋，就我家的稻田安然无恙。我爹常对我说，稻草人一生坚守自己的领地，站好自己的岗，无怨无悔。小时候我不懂他的意思，只是蹲坐在稻草人跟前玩土。别人见了都说我乖巧，我爹却说我是个木头人，担心我以后不成材。"

"王局长您现在不是出人头地了嘛。"张秘书奉承道，然后瞟了一眼办公桌，"王局长，李副局长那份文件……"

"先放着吧。"

第二天，张秘书神色慌张地走进办公室，说天尊地产之前承包的一个项目是豆腐渣工程，已经被媒体披露见报了。

王局长从抽屉里拿出了昨天那份文件，递给了张秘书。张秘书翻开文件，抬头问道："王局长，您没签字？"

王局长没搭话，而是吩咐张秘书安排下午的例会。

在例会上，王局长一反常态，没有听取下属的工作汇报，也没有安排近期任务。王局长在写字板上写了一句话，令与会者面面相觑。

这时，王局长接到村长的电话，说他爹病倒了，速回。

赶到家时，已是黄昏，王局长当即决定将父亲送往市医院治疗。临上车时，王大爷停下脚步，面朝门前那片稻田，静默许久。

王大爷忽然扭头对王局长说："去把那个稻草人扶起来。"

张秘书刚迈脚，就被王局长叫住了。王局长小跑着来到田间，把稻草人扶了起来。稻草人头顶那个草帽不见了，身上的稻草松松垮垮。稻草人的骨架只剩两根木棍，木棍交叉在一起，俨然一个十字架。王局长望了一眼骨瘦如柴的父亲，眼眶一热。

张秘书这次没带相机，却有一个画面定格在他的脑海中：王局长深情地抚摸着田间的稻草人，身后是一片丰收的景象。

张秘书顿时领悟了王局长在例会上板书的那句话："民生如庄稼，我们要甘愿做一个合格的稻草人。"